Chara

しのぶれど色に出で……の恋

櫛野ゆい

キャラ文庫

この作品はフィクションです。
実在の人物・団体・事件などにはいっさい関係ありません。

目次

口絵・本文イラスト／北沢きょう

清浄な朝の空気の中、伊織《いおり》は座布団に正座し、静かに目を閉じた。呼吸を整え、用意していた小筆を手に取る。

「…………」

筆先を墨に浸し、一文字ずつゆっくり、丁寧に筆を運んでいく。小さな木片に「御守護」と書き終えた伊織は、ふうと息をついた。傍らの硯《すずり》に筆を置き、出来映えを確かめる。

「……よし」

「ああ、できた？　見せて」

やわらかな声と共に脇《わき》から覗《のぞ》き込《こ》んできたのは、伊織の自慢の兄、伊月《いつき》だ。十七歳の伊織の四つ上で、この春大学四年生になる。実家の土御門《つちみかど》神社の跡取り息子である伊月は大学で神道を学んでいるが、単位はほぼ取り終わっていて、毎日神社の仕事を手伝っていた。

「うん、よく書けてる。やっぱり伊織の字は綺麗《きれい》だね」

この日も袴《はかま》姿《すがた》の兄は、伊織が書いた小さな木片を取り上げ、目を細めて言う。

「そうかな？　ありがとう」

照れ笑いを浮かべる伊織に、伊月は頭を振って言った。

「お礼を言うのはこっちの方だよ。いつもありがとうね、伊織」

「ううん、佐々木《ささき》さんの娘さんの出産、来月の予定だっけ？」

伊織が書いたこの木片は、安産祈願のお守りだ。伊月が木片を丁寧に和紙で包みながら頷《うなず》く。

「うん。初産で不安みたいでね。伊織の書いたお守りを差し上げたら、安心できるんじゃないかと思って」

神社で授与しているお守りは、基本的に神主の父が書いているが、たまに伊織も父や兄から頼まれて書くことがある。というのも、伊織の書いたお守りに願った願い事は本当に叶《かな》うと、ご近所で評判なのだ。

（僕の書いたお守りが効くなんて、多分たまたまだとは思うけど……）

そもそも願い事をする人は日頃からそのために努力しているのだから、願いが叶うのは必然なのでは、とも思う。

それでも、自分の書いたお守りで少しでも安心できる人がいるのなら、これくらいお安いご用だ。

「……無事に元気な赤ちゃんが産まれますように」

兄が包んだお守りに向かってそう唱えた伊織に、伊月がにっこり笑って言う。

「本当にね。おれと父さんとでしっかり祈禱《きとう》してからお渡ししておくよ」

やわらかな笑みを浮かべる兄に、伊織はうんと笑い返した。

今年高校三年生の伊織も学校が長期休暇の間は神社の仕事を手伝うことがあり、ご近所さんからはイケメン宮司兄弟などと言われている。けれど、イケメン要素の大半は間違いなく兄だろうと、伊織は思っている。

中性的な美貌《びぼう》ながらいつもやわらかな笑みを湛《たた》えている伊月は、小中高とずっとクラス委員長や生徒会長をしていた文武両道の優等生で、誰に対しても公平で優しく、人当たりもいい。ずっと弓道をやっていることもあって姿勢がよく、宮司の衣装を着ている時の所作も綺麗で、まさにご近所のアイドルだ。

対して伊織はというと、兄と似通った顔立ちはしているがどことなく垢抜《あかぬ》けず、凡庸な雰囲気をしている。綺麗な二重の兄と違って、ちょっと眠そうな一重の瞳《ひとみ》がいけないのだろうか。それとも、兄の形のいい高い鼻よりも、ちょっと丸っこい鼻がいけないのだろうか。

いずれにせよ、母からはいつも、伊織はぼんやりしているからとため息をつかれてしまっていて、伊織自身も兄と比べたらその通りだなと思っている。兄が洗練された王子様なら、弟の自分はそのお小姓くらいがいいところだろう。

兄がよく勉強を見てくれたから成績はずっと上位をキープしているものの、運動だけはいくらコツを教えてもらってもからきしで、マラソンもビリから数えた方が早い。兄に憧《あこが》れて始めた弓道も、筋肉が足りなかったのか矢が的まで届いた例《ため》しがなく、結局向いていないと諦《あきら》めてやめてしまった。

加えて伊織は、とある事情で幼い頃から人見知りが激しく、引っ込み思案だった。心配した兄が一生懸命励まし、なだめすかしてあちこち連れ回してくれたおかげで、今ではなんとか初対面の相手でも普通に接することができるようになったが、やはり未《いま》だに人付き合いに苦手意識はある。

(……おばあちゃんがいた時は、疲れたらちょっと休みにいけたんだけどなあ)

自分の引っ込み思案を改善してくれた兄には感謝しているし、今も大好きだけれど、完璧《かんぺき》な兄に恥ずかしくない弟でいなくてはと常に気を張っているのはちょっとしんどい時もある。そういう時、伊織はいつも祖母の部屋に逃げ込んでいた。

『伊織は頑張り屋さんだからねえ』

たまにはお休みしないと、と縁側で膝枕《ひざまくら》をしてくれたり、気持ちを落ち着けるためにと書道を教えてくれた祖母は、数年前に病気で亡くなってしまった。

(僕がご近所さんから頼まれて守り札を書くようになった時も、おばあちゃん、すごく喜んでくれたっけ……)

伊織の『とある事情』の唯一の理解者だった祖母のあたたかい笑顔を思い出し、少ししんみりしつつ筆や硯を片付けようとした伊織だったが、手を伸ばしかけたところで兄に遮られる。

「ああ、後片付けはおれがやっておくからいいよ。伊織はそろそろ学校だろう?」

そう言われて、伊織は部屋の壁掛け時計を仰ぎ見た。いつものバスの時間にはまだ早いが、今日は始業式でクラス分けの発表がある。少し早めに登校しておいた方がいいだろう。

伊織は頷いて、通学鞄《かばん》を手に立ち上がった。

「うん、じゃあよろしく。行ってきます」

「行ってらっしゃい」

兄に見送られて、伊織は部屋を出た。と、そこで、廊下の向こうからトトト、と軽い足音と共に黒猫がやってくる。

「にゃーう」

「あ、おはよう、黒豆《くろまめ》」

足にすり寄ってくる黒豆を抱き上げて、伊織は一緒に玄関へと向かう。

「今日は学校だから、留守番頼むね」

「んなう」

もちろんとばかりに鳴き声を上げる黒豆は、伊織が産まれてすぐの頃からこの家にいる。もうすぐ十八歳になるおじいちゃん猫のはずなのだが、足腰もしっかりしていて若々しく、近所にはタマちゃんという若いガールフレンド猫までいて、あまり年齢を感じさせない。

黒豆という名前は数年前に他界した祖母がつけた名前で、子猫だった黒豆を拾ったのも祖母だった。祖母はその前にも黒猫を飼っていたらしく、黒豆のこともとても大事にしていて、黒豆も伊織も優しい祖母が大好きだった。

「おばあちゃんの仏壇のお供えもの、今日は荒らしちゃ駄目だよ」

「……んなぁお」

「なんか今、間が空いたね？」

絶妙な間の空き具合に、思わず苦笑してしまう。

十八年間も人間と一緒にいるせいだろうか、黒豆はまるで人間の言葉が分かっているようで、伊織にとっては伊月とはまた違う兄弟のような感覚だった。

「もー、本当に駄目だよ。頼むね、黒豆」

「んにゃん」

小さな額に額をくっつけてぐりぐりすると、黒豆の喉《のど》がごろごろ鳴る。ふふ、と笑って、伊織は玄関先で黒豆を廊下に降ろした。

と、そこで洗濯物カゴを持った母が通りがかる。

「あら伊織、もう行くの？　気をつけてね。あ、そうそう、今日は始業式終わったらまっすぐ帰ってきてよ」

「うん。そっか、又従兄弟《またいとこ》の子が来るの、今日だったっけ」

母の言葉で、前々から言われていたことを思い出す。

確か、ずっと海外を転々としていた父方の親戚がこの近所に引っ越してくることになったのだ。大手の商社に勤めている夫婦はまだ三ヶ月ほど海外での仕事が残っているため、その間一人息子を伊織の家で預かることになったという話だった。

「今度八歳になるって言ってたから、小学二年生だったっけ？　まあ、どうせなら新年度に転入した方が馴染《なじ》みやすいだろうしね」

「ええ。もう当分海外赴任はないらしいから、それなら尚更《なおさら》お子さんだけ先にこっちで暮らしたらどうかって話になってね。うちは部屋も余ってるし学校も近いから、遠慮なくどうぞって言ったのよ」

　神社の隣の敷地にある伊織の家は、古い日本家屋だが母屋と別に離れもあり、季節ごとに親戚一同が集まったりもする。客を迎えることに慣れている母は、お布団は干したし……、と準備を指折り数えつつ、伊織に言った。

「だから、週明けの始業式まではご家族三人でうちに泊まってもらって、その後は息子さんだけ預かることになってるから。午後にはいらっしゃる予定だから、あなたも早く帰ってきてね」

「うん、分かった」

「今日はお昼から雨らしいから、傘持って行きなさい。学校に忘れてこないようにね」

あなたぼんやりしてるから、といつも通り嘆息する母に、伊織は曖昧《あいまい》に笑って答えた。

「ん、折りたたみ傘にしとく。じゃあ、行ってきます。黒豆も、行ってくるね」

手を振る伊織に、んにゃあ、と黒豆が返事をする。

「ちょっとおじいちゃん、今日はお仏壇荒らさないでよ。お客さんも来るんだからね」

母に同じようなことを言われている黒豆に苦笑しながら、伊織は折りたたみ傘を鞄に入れ、家を出た。

石造りの階段を降りて敷地を出れば、そこはもう民家が立ち並ぶ住宅街だ。片側が竹藪《たけやぶ》になっている路地を進みながら、思いを巡らせる。

（小学生かあ。どんな子だろう）

親戚とはいえ又従兄弟ともなると繋《つな》がりも薄く、更に今まで海外で暮らしていたということもあって、顔を合わせるのも初めてだ。大人相手だと未だに少し緊張してしまう伊織だが、小学生なら多分大丈夫だろう。

（きっと英語ペラペラなんだろうなあ。っていうか、日本語は大丈夫なのかな？）

もし日本語があまり得意でないのなら教えてあげられるかもしれない。兄が自分に勉強を教えてくれた時のように、なにか力になってあげられたらいいなと思いながら、大通りのバス停へと向かっていた、――その時だった。

――……シ、ヤ……。

「……っ」

突然、竹藪の暗がりから声が聞こえてくる。

甘い花の香りと共に聞こえてきた、悲しげにかすれた女性のその声に、伊織はぞくっと背中を震わせた。

（まだ……！）

サッと顔を青ざめさせながらも、努めてそちらの方を見ないようにして歩みを進める。——しかし。

——コイ、シヤ……、アア……！

ぐわんと、脳を揺らすような声が頭の中で轟《とどろ》き、伊織の方に黒い影のようなものが伸びてくる。伊織は慌てて制服の胸ポケットに手をやると、歩みを速めた。

（おばあちゃん……！）

胸ポケットから取り出したのは、生前祖母からもらったお守りだ。藤の花の刺繍《ししゅう》がされた綺麗な縮緬《ちりめん》で作られたそのお守りは、これまでずっと伊織の身を守ってくれてきた。

（これさえあれば大丈夫……！　いつもちゃんと逃げ切れたんだから……！）

ぎゅっとお守りを握りしめたまま、駆け出したいのを堪《こら》え、早足で路地を進む。伊織が気づいていることを知ったら、『彼ら』は一層しつこく追ってくるからだ。

（ここを抜ければ大通りだ。人の多いところには出てこないはずだから、視線を向けずに知らん振りで立ち去れば……）

ドッドッと嫌な音を立てて早鐘を打つ心臓をなだめつつ、どうにか足を進めていた伊織だったが、その時、足首にひやりと、冷たい感触が走る。

「ひ……っ」

思わず悲鳴を上げ、後ろを振り返ってしまって、伊織は大きく目を瞠《みは》った。

伊織の背後には長い髪の女性の形をした真っ黒な闇《やみ》が——、怨念《おんねん》の塊が、立っていたのだ。

まずい、と思った次の瞬間、塊が金切り声で叫ぶ。

——ナゼ、ワタシヲミテクダサラヌ……！

「……っ！」

反射的に身を翻し、伊織はその場を駆け出した。

（なんで……っ、なんで、あの人……！）

頭の中が恐怖でいっぱいで、すぐにパニックに陥ってしまう。必死に走りながら、伊織は祖母のお守りをぎゅうっと握りしめた。

（なんで、僕に触れるんだ……⁉）

——伊織が幼い頃から激しい人見知りだった『とある事情』。

それは、人には見えないはずのもの、この世に未練を残して死んでいった、いわゆる怨霊と呼ばれる類《たぐい》のものが見えてしまうことだった。どうやら霊感があるらしく、物心ついた頃からああした霊に出くわしてしまうことが度々あったのだ。

だから伊織は幼い頃、霊と人間の区別がつかず、知らない人はみんな悪霊なのではないかと怯《おび》えていた。そうして極度の人見知りになってしまったのだ。

しかし、ああいった怨霊は今まで伊織に恨みを訴えかけてはくるものの、伊織に直接触れたり、なにか危害を加えることはできない様子だった。だからこそ伊織は、怖くはあったけれどなんとか堪えて逃げることができたのだ。

それなのに。

――ニガサヌ……！

ぐわん、と脳に直接高い声が鳴り響いて、逃げる伊織の足首にまた冷たい感触がまとわりついてくる。あっと思った時にはすでに遅く、伊織はドッとコンクリートに引きずり倒されていた。衝撃で、手からお守りが零《こぼ》れ落ちる。

「あ……っ！　……っ！」

打ち付けた体の痛みよりなにより恐怖が勝って、伊織は声も出せないまま必死に地面を這《は》って逃げようとした。しかし、足首を摑《つか》む力は強く、ずるずると後方に体が引きずられてしまう。

――ヒ、ヒ、ヒ……！　サア、トモニユキマショウ……！　ワタシト、トモニ……！

「……っ、ひ……！」

悦に入ったような嗤《わら》い声が脳内で響き渡り、伊織はすくみ上がった。足先から這い上ってくる冷たさに、目の前が真っ暗になる。

こんな目に遭うのは初めてで、一体どうしてこうなっているのか、何故この怨霊が自分に触れるのか、訳が分からない。

けれど、このままではまずいことだけは分かる。このままでは、きっとこの怨霊に取り殺されてしまう——……。

「だ……、誰、か……」

強《こわ》ばった唇を必死に動かし、伊織はどうにか声を振り絞った。

助けを求めたところで、この怨霊は伊織にしか見えていない。他の誰にも見えないのだから、誰を呼んだって無駄だ。

けれど、そうと分かっていても呼ばずにはいられない。このままここで怨霊に殺されたくなんてない。

懸命にコンクリートにしがみつき、落としてしまったお守りに震える指先を伸ばす。

「誰か……っ、誰か、助けて……!」

伊織の声が空気を震わせ、指先がどうにかお守りの紐《ひも》をかすめた、——次の瞬間。

「秋風《あきかぜ》!?」

路地の向こうから、タタタッと軽やかな足音と共に、誰かの声が聞こえてくる。

低い、けれど成人のそれとは明らかに違う甘やかさを伴ったその声に、伊織は弾《はじ》かれたように顔を上げ、息を呑《の》んだ。

「……っ」

——そこにいたのは、初夏の風にしなやかに揺れる、藤の花のような少年だった。

艶《つや》やかな黒髪に、透けるような白い肌。

日本人形のように整った繊細な顔立ちながら、その瞳はすり立ての墨のように涼やかで、満ち溢《あふ》れんばかりの生気に煌《きら》めいている。

半袖と膝丈のズボンから伸びるすらりとした手足に、細い体。

その背に背負っているのは、黒いランドセルで――。

（小学生……？）

あまりにも予想外の助けに驚き、目を瞠った伊織だったが、ランドセルを背負った彼は、伊織に覆い被さる怨霊を見るなり、視線を険しくして唸《うな》る。

「今助ける……！」

「え……」

姿勢を低くした彼が一直線に自分の元に駆け寄ってくるのを見て、伊織はハッと我に返った。

「だ……っ、駄目だ、来ちゃ……！」

どうやら彼にもまた、この怨霊が見えているらしい。自分以外で怨霊が見える人なんて初めてで驚きだけれど、いくらなんでも小学生を巻き込むわけにはいかない。

「こっちに来ちゃいけない！　逃げて！」

自分の元に来たら、彼まで怨霊に襲われてしまう。それだけはなんとか阻止しなくてはと必死に訴えた伊織だったが、彼はますます表情を険しくすると、こちらに駆け寄りつつポケットから紙片のようなものを取り出す。

「そんなわけに行くかよ……！　急急如律令《きゅうきゅうにょりつりょう》、呪符退魔《じゅふたいま》！」

素早くそう唱えて印のようなものを切った彼は、伊織の目の前でダッと跳躍するなり、怨霊めがけてその紙片を放った。まるで硬質なカードのように宙を切り裂いた紙片が、ビタリと怨霊に貼りついた、その瞬間。

――オ……ッ、オォオオオオッ！

苦悶《くもん》の声を上げた怨霊が仰《の》け反《ぞ》り、伊織から離れる。

ギラリと、その暗闇で獣のような瞳が禍々《まがまが》しい光を放った。

――マタ……ッ、マタオマエカ、オンミョウジ……！　マタ、ワラワノジャマヲ……！

「……っ」

凶悪なその視線に思わず息を呑んだ伊織を背に庇《かば》うようにして、少年が怨霊を睨《にら》み返《かえ》す。

「この菊花の香り……、お前、白菊《しらぎく》か……！」

チッと舌打ちした少年が、両手で印を結びながら何事か唱え始める。

「臨・兵・闘・者……」

しかし、少年が最後まで唱え終わる前に、怨霊はグウウッと悔しげな咆哮《ほうこう》を残し、フ……ッと黒い靄《もや》のようなものを残して消えてしまった。

「……逃がしたか。……厄介なことになったな」

詠唱をやめ、印を結んでいた手を腰に当てた少年が、そう呟《つぶや》いて伊織を振り返る。

「立てるか？　ほら、摑まれ」

「あ……、ありが、とう……」

茫然《ぼうぜん》としていた伊織は、ごく自然に差し出されたその手を取っていた。少し覚束《おぼつか》ない足元ながらもその場に立った伊織を、少年がぐるりと見回して言う。

「大丈夫か？　見たとこ怪我《けが》はなさそうだが……」

「あ、う、うん。大丈夫。……あの、君こそ怪我はない？」

怨霊を倒した鮮やかな手際に驚いてしまったが、彼の方こそ怪我をしていないだろうか。自分の衣服を払うこともそこそこに、伊織は少年の手足を確かめ、怪我がないことを確認してほっと胸を撫《な》で下ろした。

「よかった、大丈夫そうだね。……助けてくれてありがとう」

改めてお礼を言った伊織に、少年が面映ゆそうに笑う。

「いいや。……変わらないな、あんたは」

「え……？」

「ああ、ちょっと待ってくれ。一応清めとかねぇとな。なにより、あんたに奴の感触が残ってるなんて、俺が胸くそ悪い」

伊織を遮った少年が、片手でまた印のようなものを結ぶ。

「急急如律令、六根清浄」

「……っ」

　彼がそう唱えた途端、ふわっと体がやわらかな白い光に包まれた気がして、伊織は驚きに目を瞠った。一瞬なにがと慌てるも、特に痛みや苦しさはなく、むしろ先ほどまで残っていた怨霊の嫌な感触がさっぱり消えている気がする。

「な……、なに、これ……」

「遅くなっちまって悪かったな、秋風」

　戸惑う伊織をよそに、少年はそう言うと伊織の手をそっと取った。え、と目を瞠る伊織を見上げ、ふっとその瞳を和ませる。

　その表情は、とても小学生とは思えないほど大人びていた。

「ようやくだ。ようやく、あんたのところに来られた。これからは俺があんたを守るから、安心してくれ」

「守るって……」

　一体彼はなにを言っているのか。当惑した伊織だったが、少年はそんな伊織を見て、少し照れたような笑みを浮かべる。

「ああ、俺の姿形が変わってて驚いたか？　あんたを追いかけるのに少し手間取っちまってな。口調も現代に寄せてみたんだが、悪かねぇだろ？　しかしまああんたは生まれ変わっても元のまんまだな……！　束帯《そくたい》姿もよかったが、制服も似合うじゃねぇか」

「そ、そくたい？」

「ずっと、ずっとあんたに会いたくてたまらなかった。片時も忘れたことはなかったぜ、秋風」

切なげな色の瞳を伏せた彼が、伊織の手を優しく引く。ちゅ、と手の甲に落ちてきた唇に、伊織はびっくりして慌てて手を引っ込めた。

「っ、な、なに⁉　どうしたの、君⁉」

「秋風？」

怪訝《けげん》そうな顔をし、知らない名前で自分を呼ぶ少年に、伊織は思い当たった。

「……もしかして君、僕のことを誰かと間違えてる？」

「え……、いや、俺は……」

「ごめんね、僕は伊織って言うんだ」

戸惑う少年に、伊織は少し落ち着きを取り戻した。

そうだ、きっとこの子はその秋風という人と自分を間違えているのだろう。だからこんなことをするに違いないと、そう確信を得て、伊織は微笑《ほほえ》みを浮かべた。

「さっきは助けてくれてありがとう。君の探している秋風さんじゃなくてごめんね」

「…………」

「きっとその秋風さんと僕、すごく似ているんだろうね。でも、僕に似ている人がいるとかはあんまり聞いたことないから、きっとこの近くにはいないんじゃないかな」

　先ほど少年は、ずっと会いたかったと言っていた。手にキスするなんて一体どんな関係なのか分からないが、きっとこの子にとってその秋風という人はとても大切な相手なのだろう。

「早くその秋風さんが見つかるといいね。ああでも、さっきみたいな時は危ないから、ちゃんと逃げないと駄目だよ。いくら怨霊退治みたいなことができるって言っても、君はまだ子供なんだから」

「……いや、俺は……」

「ああごめん、気を悪くしたかな。助けてくれたのにこんなこと言ってごめんね。でも、僕もああいう怨霊みたいなのには、子供の頃から悩まされてきたからさ」

　どうやらこの子は怨霊と戦う術《すべ》を持っているようだが、それでも子供が危ない目に遭うなんてこと、あってはいけない。伊織はにこっと笑うと、ぽんぽんと少年の頭を撫でて言った。

「なにかお礼ができればいいんだけど……、あ、そうだ。君、アメは好き？」

「っ、……ああ」

　伊織の質問に一瞬目を丸くした少年が、こくりと頷く。よかった、と微笑んで、伊織は鞄の中に入れっぱなしだったアメを取り出した。

「これ、最近好きなアメなんだ。よかったら食べて。……っと」

　アメを渡そうとしたその時、手首の腕時計が目に入って、伊織は慌ててしまった。もうすぐいつものバスが来る時間だ。

「もうこんな時間⁉　っ、ごめん、今度ちゃんとお礼するから、もしよかったらそこの角曲がったところの土御門神社に来て」

「……土御門、神社」

「うん。僕、そこの息子なんだ。あ、これよかったら！　袋開けちゃってて悪いけど！」

茫然と佇《たたず》む少年に袋ごとアメを押しつけて、伊織は鞄を手にした。大通りに向かって二、三歩進みかけ、少年を振り返って問いかける。

「そうだ、名前！　君、名前は？」

「俺……？　俺は……」

口を開きかけた少年が、一瞬躊躇《ためら》うような表情を浮かべる。一度唇を引き結んだ彼は、まっすぐ伊織を見つめ返して名乗った。

「……昴《すばる》、だ」

「昴くんだね。本当にありがとう！」

——慌ただしくお礼を言い、身を翻して大通りへと駆ける伊織の背を見つめて、残された少年、昴が呟く。

「アメは好き、か……」

先ほどの伊織の問いかけを繰り返して、昴はアメを一つ取り出すと、ぽんと口に放り込んだ。

「……うわ、甘ぇ」

ころころと口の中でアメ玉を転がし、苦笑を零す。

「忘れちまった、か……」

どこか寂しげなその呟きに、遠ざかる背が振り向くことはなかった——……。

降り注ぐ細い雨は、二日前から続いていた。

縁側の御簾《みす》を上げたまま書をしたためていた秋風は、サァアアア、と続く雨から視線を逸《そ》らし、ふうとため息をつく。

「……我が身ひとつの秋にはあらねど、か……」

「古今とは、また雅なことだな」

不意に庭先から聞こえてきた声に驚いて、秋風は顔を上げた。見れば、先ほどまで誰もいなかったそこに、見慣れない男が立っている。

年の頃は二十八歳の秋風と同じくらいだろうか。背が高く、烏帽子《えぼし》に真っ白な狩衣《かりぎぬ》姿で檜扇《ひおうぎ》を手にしている。衣には唐風の美しい紋様が織り込まれており、下地の藤色がうっすら透けていた。

幼い頃から蹴鞠《けまり》や乗馬が不得手だった秋風とは比べものにならないほど逞《たくま》しい体つきでありながら、涼やかでどこか品のある、そして精悍《せいかん》な美丈夫。

——まるでそう、初夏の翠雨《すいう》にしっとりと濡《ぬ》れた、瑞々《みずみず》しい藤のような。

（誰だ？　一体どこから……）

身構える秋風をよそに、男が手遊びに扇を開きながら首を傾《かし》げる。

「だが、まだ月も出ていないというのに、なにを嘆いているんだ？　ましてやあんたは『風薫る秋の君』だろう？」

そんな名のくせに秋を厭《いと》うのかと問われて、秋風はぐっと眉を寄せた。

「……名は、私自身が付けたものではありませんから。それより、失礼ですがどちら様ですか？」

男が口にしたその呼び名は、後宮の女房たちが秋風につけた通り名だ。秋の香と言われる侍従の香をいつも焚《た》きしめていることからつけられた名だが、真名《まな》を呼び合うことを忌避する貴族たちの間では今やすっかり秋の君殿か、職務でもある内記殿《ないきどの》で通っている。

（私を知っているということは、この男も中務《なかつかさしよう》省の官人か？）

書家である秋風は、中務省の内記として正七位を賜っている。いくら世事に疎い秋風でも、閑職の中務省にこのような雅男《みやびお》がいれば噂《うわさ》くらい耳にしそうなものだが、そのような話は聞いた覚えがない。

しかし、男の着物は布からして上等なものだし、先ほど秋風が呟いた歌の出典が古今だとすぐに気づいたことからも、男がそれなりの位の公達《きんだち》であることは確かだ。

従兄弟で一族の出世頭である惟清《これきよ》の友人であろうかとも思うが、取り柄といえば公卿方《くぎようがた》の顔色を窺《うかが》うことだけの彼の取り巻きもまた、胡麻《ごま》擂《す》りの上手《うま》い者ばかりだ。このようにいかにも才気煥発とした手合いは、惟清の最も嫌う部類だろう。

（それに、いつの間に屋敷に入ったのだ？　庭先に突然現れるなど、ただ人ではない……）

それほど裕福でないとはいえ、右京四条に構えたこの屋敷には下男もいる。不審者がやすやすと敷地内に入ることはできないはずだし、客人であれば下男が取り次ぐはずだ。

と、そこで秋風は気づく。

不思議なことに、男の周囲には一滴も雨が落ちておらず、まるで彼だけが透明な膜で覆われているかのようだったのだ。

「……まさか、陰陽師《おんみようじ》か？」

「ご名答」

ニッと笑った男が、パチリと扇を閉じ、縁側に上がってくる。

勝手な振る舞いながらその仕草は洗練されており、ふわりと舞った袖からは湿った雨の匂いを払うような品のよい白檀《びやくだん》の香りが漂ってくる。秋風はその落差にすっかり呆《あき》れて言った。

「陰陽師の方とは初めてお会いしますが……、皆さんこのように、前触れもなく突然いらっしゃるものなのですか？」

「さあな、俺は陰陽寮の者ではないから分からんが。文だけで用件を断られても困るからな」

「……私になんのご用で？」

面倒事の気配を察して、秋風は思わず顔をしかめてしまった。

陰陽師には、大きく分けて二種類の者がいる。

一つは宮中の陰陽寮に属し、陰陽道に基づいた占術や呪術を用いて政《まつりごと》の行く末や帝の生活の吉兆を占い、魔を払う者。

もう片方は宮仕えを嫌い、隠遁《いんとん》生活を送る者だ。

陰陽寮に属する陰陽師は、政に深く携わっているため位階も高いが、変わり者揃《ぞろ》いだと聞いている。しかし、それ以上の変わり者が後者だ。

宮仕えを厭う陰陽師は、時には貴族からの依頼で呪術を請け負い、金次第で他人を呪《のろ》い殺すこともある、恐ろしい連中だ。目の前の男も、陰陽寮の者ではないと言うからにはそういう輩《やから》なのだろう。

しかも、先ほどからの口振りからすると、男は秋風のことを知っていて訪ねてきた様子だ。

一介の書家である自分に、はぐれ者の陰陽師がなんの用かと少し緊張しながら聞いた秋風に、男が苦笑を零す。

「なにも取って食おうというわけではないのだから、そう身構えるなよ。なに、あんたに一つ呪符を書いてほしいだけだ」

隠すことなくさっぱりとそう告げた男に、秋風は眉をひそめて即答した。

「……お断り致します」

秋風の答えを聞いた男が、ひょいと片方の眉を上げて言う。

「何故だ？　謝礼ならそれなりの額を払うが」

「金品の問題では御座いません。私は書家です。私の書いたもので誰かが命を落とすなど、御免被ります」

さして華やかな活躍をしているわけではない秋風だが、それでも書家としての意地はある。詔《みことのり》を書き記したり、文献を複写したりという内記の仕事にも誇りを持っているし、想いを伝える歌や文の代筆、病気の快癒祈願のための写経を頼まれることも多い。恋が上手くいった、病が快方に向かったと聞けば嬉しいし、自分の書が誰かの助けになるのは無上の喜びだ。

いくら報酬を積まれようとも、誰かを呪い殺すための呪符など、決して書く気はない。

「私は自分の書を世のため人のために役立てたいのです。そういったお話でしたら、お引き取りを……」

「あんたの書に惚《ほ》れた」

「……は？」

下男を呼んで追い返させようと立ち上がりかけたところを遮られて、秋風は目を瞬かせた。胡座《あぐら》をかいたままの男が、ニッと白い歯を見せて笑う。

「実は先だって、俺の知人が貴殿の写した経のおかげで妻の病気が治ったと言うものだから、一寸見せてもらってな。いや、あれはなかなか見事なものだった」

「はあ……」

唐突に褒められて、どう反応を返せばいいか困惑した秋風をよそに、男は楽しそうに続ける。

「あんたの書には力がある。あんたが思いを込めて書いた字には、願いを叶える力が宿っている」

「……まさか。そのようなこと、あるわけがないでしょう」

それこそ、目の前の彼のような陰陽師ならともかく、一介の書家である自分にそんな大層な力があるはずがない。

否定した秋風だったが、男はいいやと頭を振った。

「俺の目に狂いはない。自信を持っていいぞ、秋風」

「……それは、どうも」

断言されてもいまいち嬉しくないのは、彼が得体の知れないはぐれ陰陽師だからだろうか。それとも、不躾《ぶしつけ》に名を呼ばれたからだろうか。

いずれにしても、褒めてもらったところで彼の頼みを聞く気はないと思いかけた秋風だったが、続く男の一言に少し迷いが生まれる。

「実は、あんたに書いてほしい呪符というのは、病気平癒の呪符だ」

「え……」

「先日、俺のところに重い病に苦しむ娘を救ってくれという依頼が来てな。聞けば、これまで典薬寮《てんやくりょう》の薬師《くすし》や陰陽師が何人も診ているが、それでも治せない難病らしい」

真剣な眼差《まなざ》しの男は、とても嘘《うそ》を言っているようには見えない。黙り込んだ秋風に、男が続ける。

「一度様子を見に行ったが、どうもその娘、誰かに呪いをかけられているようでな。これがなかなか厄介そうな呪いで、さてどうしたものかと悩んでいたところ、あんたの書に出会った。それで、この書家の力を借りられないかと思ってな」

「………」

「俺は確かに陰陽寮には属してないが、これまで人を呪い殺すような依頼を引き受けたことはただの一度もない。まあ、呪いを解くのを頼まれて、呪詛返《じゅそがえ》しした ことは数え切れぬが」

解かれた呪いは、かけた術者に跳ね返る。呪詛返しにあった術者がどうなったかまでは責任を持てないという男だが、それは術者も承知の上のことだ。金や恨みで人を呪うような術者に情けをかける必要はないと、秋風も思う。

——それに。

(この男の目は、まっすぐだ……)

深く澄んだ、すり立ての墨のような瞳。

きっとこの瞳のような墨で書をしたためたら、いい作品が書けるに違いない。

こんな目をした男なら、信じてみてもいいかもしれない——……。

「……本当に、病気平癒のための呪符なんだな?」

口調が変わった秋風に、男が瞳を輝かせる。

「引き受けてくれるか？」

「……人の命がかかっているのなら、引き受けぬわけにもいくまい」

ふうと息をついた秋風に、男が嬉しそうな顔をする。

「そうか！　いや、助かる、ありがとう！　よし、そうと決まったら、明日にでも札を用意しよう」

「分かった」

頷いた秋風にもう一度礼を言って、男が縁側を降りる。小雨の降る中、また透明な膜に包まれたような状態で歩き出そうとした男が、ふと足をとめてこちらを振り返る。

「そうだ、聞き忘れていた。それで結局、あんたはなにを嘆いていたんだ？　まだ月も出ていないというのに」

出会い頭の問いかけを再度してきた男に、秋風は肩をすくめてみせた。

「いっそ月が出てくれれば、その方がいい。私は雨が嫌いなんだ。紙が湿気で歪《ゆが》んで、書が乱れるからな」

御簾を下ろせばまだましだが、そうなれば今度は燭台《しょくだい》に火を灯さなければならなくなる。貧乏貴族の身としては、昼間から無駄な油を使うのは避けたい。

「秋は長雨が多いだろう。それでぼやいていただけのことだ」

そう言うと、男はようやく合点がいったというように頷いた。

「ああ、なるほどな」

「……君は？　雨は好きか？」

「好きな奴がこんな術を使うか？」

苦笑してみせる男に、秋風もつい笑ってしまう。

「確かにそうだな」

「では、また明日」

善は急げとばかりに踵《きびす》を返した男を、秋風は慌てて呼びとめた。

「ああ、待て。まだ君の名前を聞いていないが」

「俺か？　俺は……」

と、その時、廊下から下男が客の訪《おとな》いを告げる。

「主様、惟清様が文の代筆を頼みたいとお見えです」

「あ……、ああ、分かった。少し待つように伝えてくれ」

またどこぞの女人に送る歌でも拵《こしら》えてきたのだろう。悪筆の惟清はいつも秋風に代筆を頼みにくるが、そもそも歌の出来が平凡で、秋風が代筆していることも知れ渡っているので、今や相手にする姫は皆無だ。

また珍妙な歌を書かせられるのかとため息をつきつつ、下男に待たせるよう命じた秋風だったが、その間にも渡殿《わたどの》を進んでくる荒い足音と無遠慮な声が聞こえてくる。

「秋風！　秋風はこちらか！」

「……これは、俺よりよほど不作法者がいたものだ」

目を丸くした男が、秋風に言う。

「まあ、俺のことは好きに呼んでくれ。陰陽師、でも構わん」

陰陽師という職柄、他人に真名をやすやすと教えるのは憚《はばか》りがあるのだろう。秋風は腕を組んで唸った。

「そういうわけにもいかぬだろう。……では、藤墨《ふじすみ》、と」

藤のように匂やかでいて、墨のように強い目をした男。彼に似合いの名をと思いついたまま告げた秋風に、男がふっと笑う。

「藤墨、か。……やはり雅だな、秋の君は」

「……その名はやめてくれ」

後宮の女房たちにならまだしも、彼のような清しい美丈夫にそう呼ばれるのはいささか居心地が悪い。顔をしかめた秋風に、藤墨は愉快そうに笑って言った。

「似合っているがな。まあそれなら、俺も秋風と呼ばせてもらおうか。構わんだろう？」

従兄弟殿も名で呼んでいるようだし、と渡殿から聞こえてくる声に苦笑しながら言う藤墨に秋風は頷き、瞬いた。

「……ああ。……っ」

と、次の瞬間、藤墨の姿が跡形もなく掻《か》き消《き》える。

驚いて目を見開いた秋風の耳に、庭先に降る小雨の音に混じって藤墨の声が聞こえてきた。

『明日、また来る』

辺りに響いた声が厚い雲間に吸い込まれるように消え、小雨の音だけが取り残される。

しかしその音は徐々にザァア、ザァアアア、と強くなっていって――。

――目に映る小雨よりももっと大きい、激しい雨音に違和感を覚えた瞬間、伊織はふっと目を覚ましていた。

「…………？」

ぼんやりと開けた目に、降りしきる雨が映る。

ガラス窓を叩《たた》く雨粒に、伊織はようやく自分が夢を見ていたことに気づいた。慌てて外を見て、ちょうど次が自分の降りる停車場だと知り、ほっと胸を撫で下ろす。

（よかった、寝過ごしてなかった……）

帰りのバスの中でうたた寝することはたまにあるが、今日は特に眠りが深かったような気がする。今朝は怨霊に襲われた上、人見知りの伊織にとって一年で一番苦手なクラス分けもあったから、自分で思うよりずっと精神的に参ってしまっていたのだろう。

（時間の割に長い夢見た気がするけど、なんだったたっけ……）

つい先ほどまでなにか夢を見ていたと思うのだが、起きた途端、その夢の記憶は泡のように消えてしまったようだ。

（……なんか、不思議と懐かしい感じのする夢だった、気がする）

覚えていないのでなんとも言えないが、なんとなく悪い夢ではなかったと思う。

思い出してみようかと思ったところで自分の降りるバス停が近づいてきて、伊織は慌ててブザーを押した。

運転手にお礼を言ってバスを降り、折りたたみ傘を開く。

「うわあ、すごい雨……。普通の傘にすればよかったなあ」

ぼやきながら、なるべく濡れないように早足で家路を急ぐ。今朝の竹藪のそばを通るのは少し抵抗があったので、違う道を通って帰りつつ、伊織は今朝出会った昴のことを思い返した。

（……昴くん、あの怨霊が見えてたよな）

自分以外で、ああいった霊が見える人間に出会ったのは初めてだ。しかも昴は、怨霊に対抗する術を持っているようだった。

（今朝は学校に遅刻するって慌てて別れちゃったけど……、もしあの子が神社に来てくれたら、誰からああいうことを教わったのか聞いてみようかな）

親御さんか、それとも他の誰かなのか。いずれにせよ、彼にあの術を教えた人がいるに違いない。できることなら、自分もその人から身を守る術を教わりたい。

伊織はこれまでずっと、ああした霊に出くわした時はなるべく無視して歩き去ることしかできなかった。今まではそれで十分だったけれど、今朝のような危険な怨霊がいるのなら、対抗する術を身につけておきたい。

(戦うとか怖いけど……、でも、こんなこと信じてくれるの、きっともう同じように見える人だけだろうし)

幼い頃、怖いお化けがいると脅える伊織の話を信じてくれたのは、祖母だけだった。両親も兄も、そんなものはいないから大丈夫だよ、と困った顔で諭すだけだったのだ。

そのため伊織が怨霊のことを相談できるのは、ずっと祖母だけだった。祖母は見える人ではなかったが、それでも幼い伊織の話を信じてくれて、このお守りがあれば大丈夫だよとか、目を合わせないようにねとか、身を守る術を教えてくれたのだ。

『伊織はきっと、神様から特別な力を授かってしまったんだろうねえ』

伊織の書いたお守りがよく効くことに最初に気づいたのも、祖母だった。

『他の人に見えないものが見えるのは怖いかもしれない。でもね、伊織の力は人を幸せにすることができる力でもあるんだよ』

だから必要以上に怖がらず、自分の力を信じなさいと言ってくれた祖母のおかげで、伊織は今日まで書道を続けてこられた。祖母の言葉がなかったら、もしかしたらこんな力があるせいでと、書道を嫌いになっていたかもしれない。

だが、その祖母は他界してしまい、今や伊織の話を聞いてくれるのはいつも祖母の近くにいた黒豆くらいなものだ。

悪霊から身を守る術があるなら、それを知っている人がいるのなら、話を聞きたい――。

（……やっぱり、あの昴くんにもう一度会わないと。帰ったら母さんに心当たりがないか聞いてみよう）

伊織は分からなかったけれど、あんな時間にこの近辺を歩いていたということは、昴は近所の子なのだろう。母に聞けば、もしかしたらどこの家の子なのか分かるかもしれない。

（今日は又従兄弟の子が来てバタバタしてるだろうから、明日にでも……）

そう思いつつ石段を昇り、自宅の玄関の前で傘を閉じたところで、伊織はふと引っかかりを覚える。

「あれ？　そういえば、小学校の始業式って来週じゃなかったっけ？」

確か今朝母が、週明けの始業式までは、その又従兄弟の子の両親も家に泊まると言っていた。伊織の通う高校は週末の今日に始業式があったが、近所の小学校は来週から新学期のはずだ。

「……あの子、どうして学校のない日にランドセル背負ってたんだろう？」

登校する用事でもあったのだろうか。不思議に思いつつ、伊織は傘を畳んで玄関を開ける。

「ただいま、……っと」

三和土《たたき》には、見慣れない靴が三足並んでいた。男性ものの革靴と女性もののパンプスは両親の、小振りな運動靴はきっと、小学生だという又従兄弟の子のものだろう。

どうやらもう又従兄弟一家が来ているらしい。三和土のすぐ横にある応接間から談笑する声が聞こえてきた。

「ああ、お帰り、伊織」

伊織が靴を脱ごうとしたところで、廊下の奥からお茶の載ったお盆を持った伊月がやってくる。その足元には黒豆がまとわりついていた。

「さっきいらしたところだよ。ご挨拶するから、伊織も手、洗っておいで」

「うん、分かった。……ただいま、黒豆」

「んなぁお」

お帰り、とばかりに返事をした黒豆を抱き上げて、伊織がその小さな額に額をくっつけようとした、――その時だった。

「……お帰りなさい！」

応接間の襖《ふすま》が開き、高い子供の声が聞こえてくる。顔を上げた伊織は、思わず大きく目を瞠っていた。

「君は……」

「初めまして。えっと、伊織お兄ちゃん、ですよね？」

すらりと伸びやかな手足に、細い体。

日本人形のように整った繊細で涼やかな顔、艶やかな黒髪。

「……僕、昴っていいます。よろしくね、伊織お兄ちゃん」

そこにいたのは、今朝伊織を助けてくれたあの小学生、昴だったのだ――……。


鉄板の上でじゅうじゅうと音を立てるお好み焼きを、伊月がコテで引っくり返す。

「よ、っと」

「うわあ、すごーい！　伊月お兄ちゃん、上手だね！」

パチパチと手を叩く昴に、伊月がにっこり笑ってコテを差し出す。

「昴くんもやってみる？　こっちの、もう焼けたと思うから」

「うん！　よーし」

目を輝かせ、身を乗り出してコテを受け取った昴を、伊織はじっと見つめていた。

（なんか、今朝と全然違う子みたいだ……）

楽しそうにはしゃぐ姿は、ごく普通の小学二年生に見える。

彼があの恐ろしい怨霊を一人で退治したなんて、誰が信じるだろう――……。

麦茶を飲みつつぼんやりしていた伊織の足元に、黒豆がやってくる。

「んなーう」

後足で立ち上がり、座っている自分の腿《もも》に前足をかけてねだる黒豆を、伊織は抱き上げてやった。
黒豆は人間の食べ物を欲しがらないので、普段から食事中によくこうして膝に抱いてあげて
いる。それに親戚とはいえ、初対面の昴一家と打ち解けて話すのは伊織にはまだ少しハードル
が高い。いつものように黒豆を膝に上げると、それだけでいくらかほっとした。
なめらかな黒豆の被毛を撫でつつ、伊織はうまくお好み焼きを引っくり返せて喜ぶ昴と伊月、
楽しそうな双方の両親をぼんやりと眺めた。
こうしていると、自分が今朝怨霊に襲われたことが悪い夢かなにかだったように思えてくる。
「……夢だったのかなあ」
小さく呟いた伊織に、んなぁお、と黒豆が律儀に返事を返してくれる。
衝撃的な再会から数時間。
なにがなんだか分からず茫然としたままの伊織をよそに、昴は伊織とはまったくの初対面で
あるかのように振る舞い続けている。
『僕、ずっとお兄ちゃんが欲しかったんだ。だから、伊月お兄ちゃん、伊織お兄ちゃんって呼
んでもいい？』
可愛らしいそのおねだりに、もちろんと即答したのは伊月でも伊織でもなく、母だった。弟
ができたみたいで伊織も嬉しいでしょ、と言われてとりあえずそうだねと頷いた伊織だったが、

内心では未だに違和感が拭《ぬぐ》えないでいる。

『ずっと、ずっとあんたに会いたくてたまらなかった。片時も忘れたことはなかったぜ、秋風』

耳に残る、切なげなあの囁《ささや》き。

あの時の彼は、まるで長年離ればなれになっていた恋人とようやく再会を果たしたかのようだった。

そっと伊織の手をとり、想いを込めてくちづけを落としたその姿は、とても子供とは思えなくて──。

「……っ」

思い出した途端少し頬《ほお》が熱くなってしまって、伊織は黒豆を抱きしめたまま、ぶんぶんと頭を振った。

（い……、いや、きっとあの台詞《せりふ》はテレビとかの影響だろ）

ドラマに出てくる俳優の真似をしてみたとか、そんなオチに違いない。

現に、目の前の昴は今朝のことなどすっかり忘れているように見える。

「このお好み焼き、すっごくおいしいね！　僕こんなにおいしいお好み焼き食べたの初めて！」

にこにことお好み焼きを口に運びながら言う昴に、伊織の母が嬉しそうに顔を輝かせる。

「まあ、嬉しい。まだあるから、遠慮せずいっぱい食べてね」

「はい、いただきます！」

元気よく返事をした昴が、さっそくお好み焼きをお代わりする。綺麗な箸《はし》使いながら旺盛な食欲をみせる昴を、伊織の母はすっかり気に入ったようだった。

「たくさん食べてくれて、作りがいがあるわあ。うちの子たちはどっちも食が細くて、いつも余らせちゃってたから」

「すみません、図々しくお代わりまで……」

少し恥ずかしそうにする昴の母に、伊月が笑う。

「気になさらないで下さい。むしろお預かりの間、母が調子に乗って昴くんを太らせてしまわないか心配です」

「失礼ねぇ、人を魔女みたいに言わないの」

話が弾んでいる母たちの横では、父親たちが酒を酌み交わしている。広げているのは、新しく建てる家の設計図だ。

「今回頼んだ工務店は昔から懇意にしているところだから、安心してくれ。三ヶ月後には家族で住めるように施工を頼んであるから」

「いや、本当に助かるよ。昼間予定地を見がてらこの近辺を回ってみたんだが、静かでいいところだな」

伊織の父は、まだ海外での仕事が残っている昴の両親と工務店との間に入って、今度建てる新居の具体的な相談を進めている。もともと仲のいい従兄弟同士だったこともあり、昴の父も伊織の父を全面的に信頼してくれている様子だった。

（……昴くんのご両親は、昴くんが霊とか見えるってこと、知らないのかな）

本当に自分と同じように霊が見えるのか、どうして悪霊を退治する術を知っているのか、誰からそれを教わったのか。

いろいろ聞きたいことがあるのに、伊織自身、両親や兄に霊が見えることを打ち明けていないので、なかなか切り出すことができない。

もどかしさを覚えながら味噌汁《みそしる》の具をつついていた伊織だったが、その時、昴が伊織の前に切り分けたお好み焼きを盛った皿を差し出してきた。

「はい、伊織お兄ちゃん。僕が焼いたの、食べてみて」

「あ……、う、うん。ありがとう、昴くん」

戸惑いつつお礼を言った伊織に、どういたしまして、とにこっと笑う昴は、どこからどう見ても無邪気な少年そのものだ。

やっぱり夢だったんじゃないだろうかと思いながらもお好み焼きに箸をつけた伊織に、母がいつものようにため息混じりに言う。

「昴くん、しっかりしてるわねぇ。伊織の子供の頃とは大違いだわ。この子ったら昔からぼんやりしてて、気が弱くてね」

「…………」

実際その通りなので、伊織は反論することもできず黙ってお好み焼きをつつく。すると、兄が苦笑しながら伊織を庇ってくれようとした。

「でも母さん、それが伊織の個性なんだから……」

「……伊織お兄ちゃんは、別にぼんやりなんてしてないよ」

と、その時、兄を遮るようにして昴が少し強い口調でそう言う。

伊織は驚いて、昴を見つめた。

「昴、くん……？」

昴がそんなことを言うなんて意外だったのだろう。母と伊月もきょとんとし、談笑していた父親たちもそれに気づいて会話を中断する。

つけっぱなしのテレビの音だけが流れる中、昴はその場に流れた妙な緊張感をやわらげるように、にこっと笑みを浮かべて言った。

「伊織お兄ちゃんは優しいし、ちゃんと強いよ。僕、伊織お兄ちゃんのこと好きになっちゃったもん」

「……っ、す、好きって……」

目を瞠る伊織をよそに、伊織の母がくすくすと笑い出す。

「まあ、昴くんったら。ありがとうね。よかったら伊織と仲良くしてあげて」

「うん、もちろん！　あ、そうだ。僕、ご飯終わったら伊織お兄ちゃんのお部屋、行ってみたいな」

「え……」

それは、とたじろぐ伊織だが、断るより早く、母が頷いてしまう。

「あら、もちろんいいわよ。ついでに家の中も案内してあげて、伊織」

いいわよね、と確認されて、伊織は躊躇いつつも頷いた。

「……うん、分かった。昴くん、ご飯食べたら案内するね」

「やった！　じゃあ、早く食べないと！」

喜んだ昴が、自分の皿にとったお好み焼きを一生懸命食べ始める。口の周りにソースをつけている彼に、伊月がティッシュを差し出しながら聞いた。

「昴くんは、生まれた時からあちこち海外を回っていたんだってね。それにしては随分日本語が上手だけど、お母さんたちに習ったの？」

「うん！　あとはネットで日本のドラマ見たりしたよ。僕、いつか絶対日本に戻りたかったから、いっぱい練習したんだ」

ありがとう、と伊月からティッシュを受け取った昴が、口の周りを拭く。その横で、昴の母が苦笑混じりに言った。

「この子、昔から日本の話をよく聞きたがってたんです。特にこちらの神社や皆さんのことは、よく夫にせがんで話をしてもらっていて……」

「海外暮らしが長い分、日本文化への憧れが強かったみたいでね。日本に移り住むことになった時はもう大喜びで」

目を細めた昴の父が、改めて頭を下げてくる。

「新居のことといい、昴のことといい、皆さんにはお世話になりますが、よろしくお願い致します」

こちらこそ、と頭を下げ合う大人たちを後目《しりめ》に、食事を終えた昴が伊織ににこっと笑いかけてくる。

「ごちそうさまでした。お好み焼き、すっごくおいしかったです！　伊織お兄ちゃん、行こ！」

「あ、う、うん。……ごちそうさまでした」

促された伊織は、黒豆を膝から下ろして手を合わせた。流しに食器を運び、昴と一緒に居間を出ようとしたところで、ととと、と黒豆が足元にすり寄ってくる。

「……んにゃう」

「ん、どうしたの、黒豆。一緒に来るの？」

なんだか今日はやけに甘えん坊だなと思いつつ抱き上げた伊織だったが、その時、昴が伊織の袖を引っ張って言う。

「……ねえ、伊織お兄ちゃん。うちの母さんに黒豆ちゃん触らせてもらえない？　母さん猫大好きで、一目見た時から触りたいって言ってたんだ」

「やだ、昴ったら。いいのよ、そんな」

遠慮する昴の母に、伊織は黒豆を差し出した。

「あの……、でしたらどうぞ。この子、もうおじいちゃんで大人しいから、引っ掻いたりしないと思いますし」

「にゃっ⁉」

「よかったね、黒豆」

人の膝の上が大好きな黒豆だから、きっと昴の母に撫でてもらえたら嬉しいだろう。

伊織から黒豆を受け取った昴の母が、嬉しそうに微笑む。

「やだ、本当に可愛い。うち、今まで転勤続きだったので、なかなか動物が飼えなくて。こっちに越してきたら猫ちゃん飼おうかしら」

「あら、いいじゃない。それならちょうど、ご近所に今度出産予定の猫ちゃんがいてね」

猫の話題に花が咲き始めた母たちに黒豆を預けて、伊織は昴と連れだって居間を出た。

扉を閉め、二人きりの廊下で少し緊張しながら切り出す。

「えっと……、さっきはありがとう、昴くん。優しいって言ってくれて、嬉しかった」

「…………」

「……あ、案内だったよね。向こうがうちの両親の寝室で、こっちがお風呂。トイレはもう知ってるよね？　あとは……」

「ああ、大体見当はつくから大丈夫だ」

「……っ」

歩き出した途端、口調も表情もがらりと変えた昴に、伊織は息を呑んだ。

「昴くん、君……」

やはり、今朝のことは夢ではなかったのか。

先ほど食卓を囲んでいた時と今と、どちらが本当の昴なのか。

彼は本当に、悪霊と戦う術を持っているのか――。

いろいろ聞きたいことが溢れて言葉にならない伊織に、昴がニッと笑いかけてくる。

「……詳しい話は後だ。まずはあんたの部屋に行こうぜ、伊織。二階だよな？」

「い……、伊織って……。あ、待って！」

スタスタと歩き出したその小さな背を、伊織は愕然《がくぜん》としながらも慌てて追いかけた――。

ぐるりと伊織の部屋を見回した昴が、ふっと笑みを浮かべて呟く。

「いい部屋だな。あんたらしい」

「僕らしいって……？」

「几帳面《きちようめん》で、物を大事にしてる。机もベッドも、子供の頃から使ってるもんだろ」

「そうだけど……」

確かに伊織は普段からきちんと整理整頓しているし、物持ちもいい方だが、どうして昴がそれを伊織らしいと言えるのだろう。

（……僕とは今朝が初対面なのに）

不思議に思った伊織だったが、昴は構わず、邪魔するぜ、と絨毯《じゆうたん》の上にあぐらをかく。年齢にそぐわないその仕草と言葉に落ち着かないものを感じつつ、伊織は昴の前に正座した。長年書道をしているので、正座が一番落ち着くのだ。

ピンと背筋を正した伊織は、まっすぐ昴を見つめて切り出した。

「あの、昴くん。今朝のことだけど……。あれは本当に君、だったんだよね？　その、悪霊みたいなのと戦ってたのは……」

「…………」

「ああいう霊が見えるようになったのはいつから？　お札みたいなものを使ってたけど、あんなこと誰から教わったの？　君のご両親は、君が霊が見えることを知ってるの？」

相手は小学生だと分かってはいるが、この話ができるのは祖母以来で、つい畳みかけるように質問してしまう。黙り込んだ昴に、伊織はハッとして慌てて謝った。

「あ……、ご、ごめんね、矢継ぎ早に。だけど、僕以外であういう霊が見える人に会ったの、初めてで……」

「……本当に、忘れちまったんだな」

「え？」

昴の呟きに、伊織は困惑した。

「忘れたって……、あの、僕、君と会ったのは今日が初めてだと思うんだけど」

これまで昴と会ったことはないはずだ。

彼は今までずっと海外暮らしだったし、伊織は海外に行ったことはない。幼い頃にも接点はなかったはずだし、彼と会ったことがあるとは思えない。

「もしかして、秋風っていう人のこと？　それなら今朝も言ったけど、僕とは無関係で……」

「無関係じゃない」

伊織を遮って、昴が苦笑混じりに言う。

その瞳はどこか、寂しそうな光を浮かべていて──……。

「伊織、秋風はあんたの前世だ。俺は前世であんたの恋人だったんだ」

「……は？」

昴の言葉に、伊織はぽかんとしてしまった。

（前世？　恋人って……）

一体昴はなにを言っているのだろう。

戸惑う伊織をよそに、昴が語り出す。

「あんたは前世で、秋風って名の書家でな。俺は陰陽師で、秋風に呪符を書いてもらいに行ったのが縁で知り合った」

「……陰陽師？」

いきなり突拍子もない単語が出てきて、伊織はますます困惑してしまった。

「陰陽師って……、あの陰陽師？　安倍晴明《あべのせいめい》とか、ああいう……」

「ああ、そうだ。陰陽五行説ってのは知ってるか？　万物は木・火・土・金・水の五行で構成されてるって考えのことなんだが、陰陽師はその陰陽道を元に占いや呪術を行うんだ。式神を使って怨霊を祓《はら》ったり、呪術を解いたりな」

すらすらと説明する昴は、とても小学二年生には思えない。伊織は当惑しながらもどうにか話を整理しようとした。

「えっと、それでその、昴くんの前世は陰陽師で……、僕とその……」

けれど、その先を続けるのをどうしても躊躇《ちゅうちょ》してしまう。言い淀《よど》んだ伊織にふっと笑って、昴が続きを引き取った。

「ああ、俺たちは恋人同士だった。前世の時から、あんたの書には願いを叶える力があってな。人には見えないもんが見えちまう体質もそうだ。それで俺は、あんたに呪符を書いてもらう代わりに、あんたを怨霊から守ったりしていた」

どこか懐かしそうな表情で、昴が続ける。

「最初は衝突もしたが、一緒にいるうちに惹《ひ》かれ合うようになって、俺から想いを告げた。あんたもそれを受け入れてくれて、恋人同士になったんだ。まあ、三日夜の餅《もち》も一緒に食ったから、実質夫婦みたいなもんだったな」

「……三日夜の、餅」

「知らないか？　男が女のもとに三晩続けて通った後に一緒に餅を食う儀式のことだ。現代で言う結婚式みたいなもんだな。まあ、俺と秋風は男同士だから実際に結婚はできなかったが、それでも将来を誓い合ってた」

「ちょ……、ちょっと待って」

昴の言葉に目を瞠り、伊織は慌てて言った。

「あの、それって確か、平安時代の風習だよね？　なんでそんな……」

「なんでもなにも、俺たちの前世はその時代の人間だったからな。あんたは貴族だったんだぜ、伊織」

出世に興味がなくて貧乏だったが、と昴が笑う。からりとしたその笑みを前に、伊織は茫然としてしまった。

（僕の前世が平安時代の貴族で、陰陽師だった昴くんと恋人同士……？　三日夜の儀をした仲って……）

あまりにも突拍子がなさすぎて、理解が追いつかない。

黙り込んでぐるぐると懸命に頭を働かせる伊織に、昴がふっと視線を和らげて言った。

「まあ、記憶がない今のあんたに信じろって言っても、すぐには信じられないだろうな。だが、俺が今朝みたいな悪霊を祓えるのは、前世が陰陽師だったからだ」

「……………」

「誰から教わったわけでもないし、現世の両親も俺が悪霊と戦えることは知らない。話してもいいんだが、霊が見えない人間はまず信じないだろうからな。両親に無駄な心配をかけさせるのも悪いし、精神病を疑われても厄介だ。……だろう？」

言外に、伊織も今までそれが怖くて黙っていたのだろうと言われて、伊織は戸惑いつつも小さく頷いた。

「僕も……、信じてくれたのは、亡くなったおばあちゃんだけだった……」

「そうか。……俺もそのばあちゃんに会いたかったな」

後で手を合わせておかねぇとな、と昴が呟く。落ち着き払った様子の彼を見つめて、伊織は考えを巡らせた。

（前世なんて……、そんなの本当にあるんだろうか）

お前の前世は平安貴族だったと言われても、嘘か本当かは分からないし、ピンとこない。ましてや、目の前の小学生と恋人同士だったなんて、尚更だ。

だが、昴が嘘や冗談を言っているようには見えないし、おかしな考えに取り憑かれているようにも思えない。

彼の瞳はすり立ての墨のように深く澄んでいて、まっすぐだ。こんな目をする人が、嘘をついたり人を騙《だま》したりするだろうか。

それに、今朝昴が唱えていた言葉は、確かによく映画などで見かける陰陽師の術のようだった。仮に誰かに教えてもらったのだとしても、小学生があれほど鮮やかに悪霊を退けることができるものだろうか。

（……昴くん、僕の書には願いを叶える力があるって言った）

今まで伊織自身は半信半疑だったけれど、亡くなった祖母も確かに同じことを言っていた。

伊織の力は、人を幸せにすることができる力でもある。だから必要以上に怖がらず、自分の力を信じなさい、と。

けれど、伊織は今まで人に見えないものが見えることで特になにか得をしたことはなく、怖い思いしかしてこなかった。だから、そんな力で人を幸せにできるとは思えなかったし、自分の書いた守り札が効くというのもただの偶然だろうとばかり思っていた。

だが、昴は今までずっと海外暮らしで、伊織の書を見たことはないはずだ。そんな彼が祖母と同じことを言うのは、それを知っているからに他ならないのではないだろうか。

伊織の書には、前世から力が宿っていた、と——。

(い……、いやいやいや、ちょっと待って。そもそも前世なんて、本当にあるかどうかも分からないじゃないか)

危うく昴の話を鵜呑《うの》みにしそうになったところで、伊織は我に返った。冷静になれ、と自分に言い聞かせる。

(僕の書いたものに力があるなんて、彼のお父さんから、僕の書いたお守りが効くって噂があるって聞いただけかもしれないじゃないか。そりゃ、昴くんが悪霊と戦えるのはすごいけど、だからって前世の話が真実とは限らないだろ)

昴が嘘を言っているつもりはなくとも、彼自身の妄想という可能性だってある。なにせ相手は小学二年生なのだから、とそう思ったところで、昴が苦笑混じりに聞いてくる。

「……その顔、俺が妄想でこんなこと言ってんじゃねぇかって思ってる顔だな?」

「え……っ、い、いや、そんなことは……」

図星を指されて狼狽《うろた》える伊織だったが、昴はそれに憤るどころか、さらりと笑って言った。

「別にいいさ。元々あんたは書にかけては天賦の才があったし、人より霊感も強かったが、俺みたいに陰陽師としての訓練を積んでたわけじゃねぇからな。転生して記憶を失うのも無理はない話だし、どうでも思い出せと言うつもりもない。……忘れた方がいい記憶も、あるだろうしな」

呟く昴が、ふっと顔を曇らせる。どこか苦しげなその表情に戸惑った伊織だったが、昴はすぐにパッと顔を上げて続けた。

「ま、ともかく俺は、前世で先に死んじまったあんたの転生先を探して、こうして追いかけて来たんだ。さすがに時間がかかっちまって、あんたより十も年が離れちまったがな」

元は同い年だったんだが、と苦笑した昴が、伊織をやわらかく見つめて言う。

「できる限りあんたの近くにと転生したが、思いがけず海外勤務続きの家庭に生まれちまって、あんたのところに来るのが遅くなった。でも、これからはずっと一緒だ」

微笑んだ昴が、絨毯に手をつき、ぐいっと身を乗り出してくる。日本人形のように整った顔立ちの美少年に迫られて、伊織は思わず仰け反ってしまった。

「っ、昴くん……」

「好きだ、伊織。転生してもあんたが変わってなくてほっとしたし、惚れ直した。前世のことを思い出せなくても構わないから、また一から俺に惚れてくれないか」

「……っ」

とても子供とは思えない言葉とまっすぐな瞳に、伊織は返す言葉も思い浮かばず、固まってしまった。

昴が一歩、膝立ちで踏み込んで言う。

「これからは俺があんたのことを守る。まだ成長しきってねぇこの体じゃ前世の半分の力がせいぜいだが、それでも俺は命かけて伊織を守るし、必ずあんた好みのいい男になる。あんただけを見て、あんただけを愛する。だから、もう一度俺の恋人になってくれ」

真摯《しんし》に訴えた昴が、伊織の手を取り、自分の方に引き寄せる。

あまりのことに頭が真っ白になっていた伊織は、自分より一回り小さなその手の感触にハッと我に返った。

「あの……、っ！」

声を上げかけた伊織の指先に、昴がくちづけを落とす。

思わず息を呑んだ伊織は、昴の切なげな表情に大きく目を見開いた。

「……好きだ」

「あ……」

「俺にはあんたしかいない。……あんただけを、愛してる」

熱の籠《こ》もった声で告げた昴が、愛おしげに伊織の頬を指の背で撫でる。

近づいてくる綺麗な顔、白皙《はくせき》の頬に落ちる長い睫《まつげ》の影、そっと伏せられた瞼《まぶた》から覗く、墨のように黒い瞳――。

伊織、と大切なものを包み込むように囁く、その甘い声に誘われるように、伊織は目を閉じかけて——。

「伊織様から離れなさい、下郎！」

「……っ⁉」

突然割り込んできた高い声に驚いて、目を瞬かせた。我に返って真っ赤になり、咄嗟《とっさ》に声のした部屋の入り口を見やる。——しかし。

「……？」

細く開いたドアの隙間《すきま》からするりと入り込んできたのは、飼い猫の黒豆だった。後ろに誰かいるのだろうかと腰を浮かせかけた伊織だったが、その時、昴が背後の黒豆を振り返ってため息混じりに言う。

「せっかくいいとこだったのに邪魔するなよ、毛玉」

「……毛玉？」

誰に話しかけているのだろうと不思議に思った伊織は、次の瞬間驚きに目を瞠った。

昴を見上げた黒豆の小さな口から、先ほどの高い声が飛び出してきたのだ。

「毛玉ではありません！　私には、秋風様からいただいた黒豆という立派な名前が……」

「豆じゃねぇか」

「黙らっしゃい、このエセ陰陽師！」

エセじゃねぇっての、と唸る昴の肩越しに、シャーッと全身の被毛を膨らませて怒る黒豆が

見える。伊織は茫然と目を見開いて呟いた。

「……喋《しゃべ》ってる」

どこからどう見ても、どう聞いても、今昴と会話していたのは黒豆だった。

生まれた時からずっと一緒に育ってきた、飼い猫の。

けれど、猫が喋るはずがない。

いくら黒豆が長生きで人間くさいとはいえ、まさかそんな、人間の言葉を喋るなんて——。

「驚かせて申し訳ありません、伊織様。今まで隠していましたが、私は実は猫又なのです」

「……ひっ⁉」

ととと、と近寄ってきた黒豆に話しかけられて、伊織は思わず悲鳴を上げてしまった。伊織様、と悲しげに目を伏せた黒豆が、切々と訴える。

「……すぐにはお信じになれないかもしれませんが、私は前世であなた様に命を助けられた猫又でございます。どうにか恩返しがしたいと、平安の世からあなた様のお血筋をずっと見守ってきたのです。前世の記憶を失っている伊織様を驚かせてはいけないと、今までただの猫の振りをしておりましたが、このまま正体を伏せていては、この男から伊織様をお守りできないと思い……」

滔々《とうとう》と語っていた黒豆だったが、途中で伊織が目を丸くしたまま固まっているのに気づき、小首を傾げる。

「伊織様？　聞いていらっしゃいますか？」

「……っ」

前脚を揃えてちょこんと座り、こちらを見上げる黒豆をまじまじと見つめて、伊織はどうにか声を押し出した。

「く……、黒豆が、喋ってる……。猫なのに……」

「猫ではありません。猫又です」

「ねこまた……」

猫又ってなんだっけ、と茫然としたまま思った伊織だったが、その疑問は顔に出ていたのだろう。昴が説明してくれる。

「猫又ってのは、長生きした猫がなる妖怪のことだ。ま、こいつはあんたに恩もあるし、滅多なことじゃ悪さはしないだろうから、安心していいぞ」

「なにを偉そうに！　滅多もなにも、私が伊織様に悪さなどするはずないではありませんか！」

「分からねぇだろ。お前ら妖怪の物差しは、人の理《ことわり》とは違うからな」

「あなたの物差しも大概人間離れしてますがね！」

飄々《ひょうひょう》と言う昴に、黒豆が憤慨する。

「大体、記憶のない伊織様にいきなり迫るなんて、どういう了見ですか！　しかもあなた、今は小学生なんですよ！　伊織様を犯罪者にするつもりですか！」

「ああ、それなあ。たった千年ちょっと前なら今の俺の年齢で結婚してもなにも問題なかったっつうのに、現世は窮屈だよな。成人が二十歳とか、遅すぎねえか？」

まあ確かに寿命も伸びてはいるけどよ、とぼやいて、昴が続ける。

「ま、別に、ナリがどうでも中身は大人なんだからいいだろ。第一、抱くのは俺なんだし」

「ハッ、そんな体でなにを言ってるんですか！　やれるもんならやってみなさい！」

「……言ったな？」

にやりと笑った昴が、ぽかんとしたままの伊織を振り返って言う。

「ってわけだから伊織、続きを……」

「い……、いや、ちょっと……、ちょっと待って！」

二人の会話のスピードにも、その内容にもついていけず、置いてけぼりを食らっていた伊織は、そこでようやく待ったをかけた。押しとどめられた昴が、ふっと苦笑を浮かべる。

「なんだ、ぼんやりしてるからこのまま食っちまえるかと思ったが、惜しかったな」

「……黒豆、本当に君、その……、喋れるの？」

軽口を叩く昴に反応する余裕もなく、伊織はじっと黒豆を見つめて聞いた。

「猫又って本当？　君……、妖怪だったの？」

「伊織様……。今まで隠していて申し訳ありません。ですが、誓って騙すつもりはなかったのです。伊織様のおばあ様とご相談して、伊織様の記憶が戻るまではただの猫の振りをしていようと……」

「……っ、おばあちゃんは、黒豆が猫又だって知ってたの？」

思いもかけないことを言われて驚いた伊織に、黒豆が頷く。

「はい、伊織様がお生まれになってすぐ、私から打ち明けました。私は、秋風様が再びこの家の血筋に転生なさると信じ、代々この家で飼われておりました。そして秋風様が伊織様として転生なさったのを機に、前々から私を可愛がって下さっていたおばあ様にすべてをお話ししたのです。子猫に姿を変え、もう一度この家で飼っていただくために」

黒豆の言葉に、伊織は思い出す。

そういえば確か、祖母は黒豆の前にも黒猫を飼っていたという話だった。伊織が赤ん坊の頃に子猫だった黒豆を拾ってきたのも祖母だったはずだ。

「もしかして、おばあちゃんが僕の力とか、悪霊が見えるってことを信じてくれたのも……」

「はい、私がお話しさせていただきました。秋風様の生まれ変わりの伊織様なら、同じ才をお持ちのはず、と。ですが、あのお方ならきっと、私がいなくとも伊織様のお話を信じて下さったと思います」

お優しい方でしたから、とそう言う黒豆の声は、とてもやわらかく、そして少し寂しそうだった。

「伊織様がお持ちのお守りも、私がおばあ様にお願いしてお渡しいただいたものです。そのお守りは、そもそも秋風様が私にお授け下さったものでした。おばあ様には他にもいろいろ、伊織様の御身を悪霊から守る術についてお話しさせていただいていました」

「……そう、だったんだ」

すとんと納得がいって、伊織は呟いた。

ずっと、不思議だった。

何故霊が見えない祖母が、霊から身を守る術を知っていたのか。目を合わせなければ大丈夫だとか、このお守りがあれば大丈夫と、何故言い切れたのか。

それはきっと、目の前の黒豆が祖母にアドバイスしてくれていたからなのだ——。

「……ありがとう、黒豆。黒豆は今までずっと、おばあちゃんと一緒に僕のことを守ってくれてたんだね」

祖母の話が出たからか、少し気持ちが落ち着いてきて、伊織は目の前の黒豆に微笑みかけた。

伊織様、と黒豆が驚いたように目を丸くする。

「信じて下さるのですか？　私の話を……」

「うん。……信じるよ、黒豆」

正直、猫だと思っていた黒豆が実は猫又という妖怪だったとか、その上こんなに流暢《りゅうちょう》に喋ることができるとか、まだ少し夢かなと思うし、理解が追いついていない部分もある。

でも、祖母が黒豆のことを受け入れていたというのは、きっと本当のことだろう。

（おばあちゃんが信じていたなら、黒豆の話はきっと真実だ）

亡くなった今も、伊織の祖母への信頼は揺らいでいない。

伊織は少し躊躇いつつも、いつものように黒豆を腕に抱き上げた。

「い……、伊織様……」

「さっきはびっくりして、悲鳴なんて上げてごめんね。……ずっと僕のそばにいてくれて、ありがとう。ただの猫の振りをしてるなんて、きっと大変だったよね」

もしかしたらたまには祖母と会話していたのかもしれないが、それ以外はずっと普通の猫の振りをしていたのだ。いろいろ不便なこともあったに違いないと思った伊織に、黒豆が感極まったようにしがみついてくる。

「伊織様！　そんな、勿体《もったい》ないお言葉……！　猫の振りをすることなど、あなた様から受けた恩を思えば苦労のうちにも入りません……！」

「彼女もいるしな」

黒豆の言葉を混ぜ返したのは、それまでじっと黙っていた昴だった。

「確かタマだったっけか。おばさんから聞いたぜ。なんだかんだ結構楽しんでんじゃねぇか、猫生」

「タ……っ、タマ様と私は、決してそのような関係では……！」

泡を食ったようにあたふたとする黒豆を後目に、昴がのんびりと伊織に問いかけてくる。

「で、その毛玉の話を信じたってことは、俺の話も信じてくれたってことでいいんだよな、伊織?」

「……えっと」

喋る猫、ならぬ猫又の登場にすっかり気を取られていたが、そういえば最初に前世云々《うんぬん》という話をし始めたのは昴だった。

抱えた黒豆の背を撫でながら、伊織は昴に聞き返す。

「それってその、僕が前世で昴くんと恋人同士だったったってこと、だよね?」

「ああ。お前もそこは否定しないよな、毛玉? なんたって、お前の大好きな秋風自身が俺のことをちゃんと恋人だって認めてたもんな?」

昴に話を振られた黒豆が、毛玉ではありませんと唸りつつ、渋々認める。

「……確かに、秋風様はあなたに好意を寄せていらっしゃいました。しかし! 秋風様がそうであったからといって、伊織様が今のあなたと恋仲になるかどうかは別の問題!」

「お? 減らず口は相変わらずみたいだなあ?」

ひく、と頬を引きつらせた昴が、黒豆ににっこり笑いかける。しかし、その目の奥はちっとも笑っていない。

ブルルッと震え上がった黒豆が、伊織の胸元に爪を立てて叫んだ。

「ど……、動物虐待反対！」

「お前は猫又だろうが。都合のいい時だけ猫面すんじゃねえ」

「昴くん、ちょっと待って」

低い声で唸る昴に、伊織はストップをかけた。途端に昴が優しい目に戻る。

「ん、なんだ、伊織」

「……えっと」

黒豆に対する時とまるで違う甘い視線に、伊織は少し戸惑いながら考えを巡らせた。

「その、前世のことだけど。……黒豆の話もあるし、君の言ってたことはきっと本当なんだろうなって、思う」

「そりゃよかった。小憎らしい猫又妖怪も、少しは役に立つもんだな」

昴の一言に、黒豆が失敬な、と尻尾を膨らませる。はいはいとそれをなだめて、伊織は続けた。

「確かに、僕の前世はその秋風さんって人なのかもしれない。でもごめん、僕にその記憶はないし、小学生の君と恋人同士って言われても……」

昴に向き合って、伊織は正直にそう言った。

それこそ最初に黒豆が言っていた通り、小学生の昴とどうこうなんて、犯罪の匂いしかしない。

とはない。

それに、昴は同性だ。伊織の初恋は幼稚園の先生で女性だったたし、今まで同性に恋をしたこ

たとえ前世がどうだったとしても、今の自分が同じ男に恋をするとは到底思えない。

「その……、君は前世の記憶があるみたいだし、そんな君にこんなことを言うのは酷かもしれないけど……。僕、やっぱり昴くんとは……、っ⁉」

断ろうとした途端、むぎゅ、と唇に指先を押しつけられて、伊織は驚いて息を呑んだ。目を瞬かせる伊織の目の前で、身を乗り出した昴が笑う。

「まあ待てって、伊織。今ここで答えを出せとまでは言ってないだろ。ま、さっきはいけるかと思って少し強引に押しちまったが」

「こら、伊織様になにをするのですか！　離れなさい！」

二人の間に挟まれた黒豆が、昴をシャーッと威嚇する。黒豆の繰り出した猫パンチをおっと、と避けて、昴がニッと笑みを浮かべた。

「今はまだ小学生でも、十年後には高校生だ。年の差は縮まんねぇが、そんなもんいずれたいした差に感じなくなる」

「い……、いや昴くん、そもそも僕は同性愛者じゃなくて……」

「秋風だって、最初はそうだったぜ？」

なんの問題もない、とカラリと笑って、昴が立ち上がる。

「侮んなよ、伊織。俺はあんたにもう一度会いたくて、千年の時を越えてきた男だぜ？　記憶がねぇってんなら、また一から惚れ直してもらうだけだ」

「……っ」

とても小学生とは思えないその言葉と笑みに、伊織は自然と頰が熱くなってしまう。

（な……、なんでこんなに男前なんだ、この子）

なまじ繊細そうな見た目だから、余計にそう感じてしまうのだろうか。

たじろいでしまった伊織にふっと目を細めて、昴が部屋を出ていこうとする。

「ってわけで、これからよろしくな、伊織」

「あ……、ま、待って、昴くん。僕の前世が秋風さんっていうのは分かったけど、君の前世の名前は？」

陰陽師だったというからには、名前が分かればなにか過去のことを調べられるかもしれない。

そう思った伊織だったが、昴はニヤッと悪戯《いたずら》っぽく笑うと、唇に指先を当てて言った。

「内緒だ」

「え？　内緒って……」

「陰陽師にとって真名は大切なもんでな。そう簡単に教えるわけにはいかないんだ。ま、秋風には呼び名がないと困るってんで、藤墨って通り名を付けられてたけどな」

懐かしそうに目を細めて、昴が続ける。

「それに、思い出せないならそれで構わねぇとは言ったが、思い出してほしくないわけじゃねぇからな。気になるなら、思い出そうとしてみてくれよ。毛玉、お前も伊織に俺の真名、教えるんじゃねぇぞ」

「誰があなたの指図など……！」

また毛玉と言われて憤慨する黒豆だったが、昴はひょいと片方の眉を上げて黒豆に言う。

「もし喋ったら、お前の愛しのタマちゃんに、お前が妖怪だってバラすからな。お前が猫又だって知ったら、タマちゃんはどうするかなあ？」

「く……っ、この卑怯者《ひきようもの》！」

キーキー怒る黒豆にハハッと笑って、昴が去っていく。

伊織の腕の中で、黒豆がまったく腹の立つ、と尻尾を膨らませながら言った。

「伊織様！　あんな男のことなど、思い出す必要ありませんからね！」

「う……、うん……」

頷きながらも、伊織は閉められた部屋のドアをじっと見つめていた。

（藤墨、か……）

藤の花のように涼やかで、すり立ての墨のように美しい瞳をした少年。

彼にぴったりのその名を付けたという、自分の前世、秋風とは、一体どんな人物だったのだろう。

彼のために千年の時を越えたという昴の前世は、どんな人物だったのだろう――。
(千年の、時)
心の内で呟いたその言葉に、ツキンと胸が痛む。
それは今まで伊織が感じたことのない、甘く切ない疼《うず》きだった。

御簾《みす》越しに藤墨《ふじすみ》が呪《じゅ》を唱え終えた途端、横たわった姫の唇から真っ黒な靄《もや》のようなものが漏れ出ていく。青ざめ、苦しそうだった姫の顔がふうっとやわらぐのを見て、側仕《そばづか》えの女房が驚きの声を上げた。

「まあ、薫子《かおるこ》様がお目覚めに……！」

「なんだと⁉」

藤墨の背後でことの成り行きを見守っていた右大臣が、血相を変えて御簾に走り寄る。

「薫子！　薫子、無事か⁉」

「……父上、様……」

御簾の向こうの御帳台《みちょうだい》からか細い声がし、姫が起き上がる気配がする。

「ええ……、久しぶりに、とても体が軽うございます……」

「呪《のろ》いを解くと共に、病の気を絶ちました。これで姫様は快方に向かうことでしょう」

使い終えた呪符を検《あらた》めた藤墨に、右大臣が福々しい顔を歪《ゆが》めて尋ねる。

「やはり呪いは左府の仕業か⁉　薫子の入内《じゅだい》を阻止しようと……」

「いえ、左大臣様とは無関係かと。術者は女、それもかなり身分の高い者のようですので」

「……女人？」

藤墨の後ろに座っていた秋風《あきかぜ》は、驚いてそう聞き返していた。

この日、秋風は数日前に自分を尋ねてきた陰陽師《おんみょうじ》、藤墨が依頼者の元を訪れると聞き、同行していた。自分の書いた呪符が本当に正しく使われるのか、きちんと自分の目で見届けたかったのだ。

通されたのが宮中で今最も権勢を誇っている右大臣の屋敷だったことには驚いたが、どうやら重病で苦しんでいるのはその右大臣の一人娘、薫子だったらしい。薫子は宮中への入内も間近と噂《うわさ》されている姫君で、彼女が中宮となれば右大臣の地位は更に確固たるものになることは間違いなかった。

（確かに、典薬寮《てんやくりょう》の薬師《くすし》や陰陽師が何人も診ているとは言っていたから、貴人の娘御なのだろうとは思っていたが……。まさか、右大臣の姫君とは）

普段、宮中での権力争いとは無関係に生きている秋風だが、それでも時の右大臣の娘となれば緊張する。

居心地の悪い思いをしながら、それでも藤墨の仕事ぶりを見届けようとこの場に留まった秋風だったが、彼の手際は見事としか言いようがなかった。

「確かに今、御簾から黒い靄が出ていったが……、あの一瞬で、誰が呪いをかけたかまで分かったのか？」

この陰陽師のやったことといえば、御簾の前に設《しつら》えられた小さな祭壇に向かい、秋風の書いた呪符を取り出して二、三言呪を唱えただけだ。厄介な呪いと言っていた割に随分あっさりだったと思い返して言った秋風に、藤墨が驚いたように言う。

「あの呪詛《じゅそ》が見えたのか？　ただ人には呪詛など見えないはずだが……」

「……昔から、どういう理由かは知れぬがそういったものが見える性質でな」

口を滑らせたことを後悔しつつ、秋風はそう答えた。ふむ、と興味深そうに秋風を眺めた藤墨が呟《つぶや》く。

「確かに、書にあれだけの力があるんだ。そういう力があってもおかしくはないか。姫の呪詛を無事解くことができたのも、あんたの書いた呪符の力が強かったからだ。少々うまく行き過ぎな気もするが……」

思案気な表情を浮かべた後、藤墨は頭を振って先ほどの秋風の質問に答える。

「まあ、肝心の呪詛は解けたことだし、とりあえずのところはよしとするべきだろう。だが、呪いをかけた者までは特定できなかった。白粉《おしろい》の匂いに混じって上等な菊花の香がしたから、高貴な女人であることは確かというだけだ」

「菊花の香……」

その一言に、御簾の中で薫子が呟く。ひょい、と片方の眉を上げて、藤墨が聞いた。

「心当たりがおありですか、姫。……ひょっとして、姫君の元に通う公達《きんだち》に横恋慕する、どこその局《つぼね》でしょうか」

「……っ」

息を呑《の》む娘とは裏腹に、右大臣が張り出した腹を揺らして笑う。

「なにを馬鹿な！　通う者などいるわけがなかろう！　姫はいずれ帝のおそばに上がり、中宮となるのだからな！」

「…………」

父の言葉に、薫子が答えることはなかった。不自然な沈黙を、藤墨が破る。

「まあ、その女人が誰であろうが、今頃は呪詛返しにあっていることでしょう。あれほどの呪詛、ただでは済まないでしょうな」

自業自得ですが、と呟いた藤墨に、右大臣が上機嫌で言う。

「ともかく、そなたらのおかげで姫は助かった。礼を言うぞ。約束の金子も、明日にでも届けさせよう」

「は、ありがたく頂戴します」

頭を下げた藤墨が、御簾に向かって一礼し、部屋を出る。その背を追って廊下に出た秋風は、小声で藤墨を咎《とが》めた。

「……どういうことだ、藤墨？　金子などという話、私は聞いていないが」

「ああ、急《せ》かさずともあんたの分け前は後で届けさせるさ」

肩をすくめてしれっと答える藤墨に、眉《まゆ》をひそめて言う。

「そのようなことではない。こうした人助けは、過分な見返りを求めるべきではなかろう」

「……正気で言っているのか？」

秋風の一言がよほど意外だったのか、藤墨は足をとめて目を瞠《みは》る。

「今回は相当厄介な呪詛で、失敗すればこちらの命だって危うかった。それなりの謝礼は然《しか》るべきだろう。しかも相手は右府殿の一人娘だ。多少ふっかけたところで……」

「……ふっかけたのか。謝礼を」

見下げた男だな、とその思いは顔に出ていたのだろう。藤墨がムッとしたように言う。

「宮仕えしている貴族様には分からないかもしれないがな、俺にとってこれは商売なんだ。それともなにか、秋殿は俺に霞《かすみ》を食って生きろとでも言うのか？」

「陰陽師なら、それくらいの芸当はお手のものだろう」

「あんたな……！」

語気を強めた藤墨だが、その時なにかに気づいたようにふっと表情を改める。

「いかがした？」

「し……っ、……こっちか」

指を唇の前で立てて、藤墨がやおら廊下から降りる。小さな庭を突っ切った藤墨を追いかけた秋風は、彼が覗《のぞ》き込《こ》んでいる茂みに近寄って驚いた。

そこには、黒猫が一匹、ぐったりした様子で体を横たえていたのだ。

「……右大臣の飼い猫？　死んでいるのか？」

「いや、息はある。だが……」

藤墨が眉を曇らせたその時、廊下から右大臣が声をかけてくる。

「ああ、こんなところにおったか。急に姿が見えなくなったから、探したぞ。どうしたというのだ、一体」

「……右大臣様。まさかと思いますが、この猫に姫君の呪詛を移そうとなさいましたか？」

「え……」

驚いた秋風だったが、右大臣はこともなげに頷《うなず》いて言う。

「ああ、陰陽寮の者が、姫の大事にしているものになら呪詛を移すことができるかもしれない、生き物ならばなおいいと言うのでな。ならばこれを使えと、薫子の飼っていた猫を下げ渡したのだ」

「下げ渡した……」

右大臣の言葉に、秋風は唖然《あぜん》としてしまった。

愛娘《まなむすめ》を助けるため、藁《わら》にもすがる思いでやむなくというのならまだしも、右大臣からは猫への愛情や申し訳なさは微塵《みじん》も感じられない。おそらく姫には黙って、猫を陰陽師に渡したのだろう。

ちらりと猫を見た右大臣が、しかめ面をして言う。

「しかしその陰陽師、呪詛が強すぎたとかで失敗しおってな。侍女に捨てるよう命じておいたのだが、そんなところに戻ってきていたのか」

穢《けが》らわしい、と深紫の束帯《そくたい》の袖で口元を覆う右大臣に、秋風はカッとなって食ってかかろうとした。

「捨てるようにって……！」

「……秋風」

しかしそこで、陰陽師が秋風を遮る。衣が汚れるのも構わずその場に膝をついた彼は、黒猫に手を伸ばしながら呟いた。

「どうもおかしいと思ったら、そういうことだったか。道理で思っていたよりも簡単に呪詛が解けたわけだ。この猫が姫の呪詛を、多少なりとも引き受けてくれていたおかげとはな」

息も絶え絶えの黒猫を抱き上げた藤墨が、右大臣を振り返って言う。

「右大臣様。先ほどの報酬の件ですが、謹んで御返上致します。代わりに、この猫をもらい受けたい」

「……っ」

意外なことを言い出した藤墨に、秋風は目を瞠った。

（まさか、この猫を助けてやろうというのか……。さっきはなんという守銭奴かと思ったが、そうではなかったのだな）

見直した、と感心している秋風をよそに、右大臣が怪訝《けげん》そうな顔で聞く。

「その猫を？　構わんが、本当に謝礼はよいのか？」

「ええ。これほどの呪詛を受けながらもまだ生き長らえているこの猫は、陰陽師の私にとってはよい研究素材となりますから」

「な……！」

頷いた藤墨に、秋風は息を呑んで固まってしまった。その間に、右大臣が首を傾《かし》げつつ去っていく。

「そういうものなのか。私には分からぬが、まあそれなら勝手にするがよい。どうせ姫にはもう、猫は死んだと言ってある」

「は、ありがたき幸せ」

遠ざかる右大臣の背に恭しく頭を下げる藤墨に、秋風は低く唸《うな》った。

「……まさか、本当にこの猫を研究材料にする気ではなかろうな？」

右大臣にはああ言ったが、本心では猫を助けてやるつもりなのだろうなと、念押しするように言った秋風だったが、藤墨はしれっと答える。

「無論そのつもりだが？　これほど珍しい事例はなかなかないからな。それに、この猫はもう獣の理《ことわり》を外れている。今更呪詛を解いたところで、元の猫には戻れまい」

いい拾いものをした、と満足気に頷いた藤墨が、しまったという顔をする。

「ああ、すまんな。報酬の全部を断ってしまった。あんたへの分け前は俺が出すから……」

「そういう話ではない！」

藤墨の言葉を皆まで聞かず、秋風は激昂した。藤墨の手から黒猫を奪う。

「秋風？」

「こんな健気《けなげ》な猫を研究材料にする、だと⁉　なんとむごいことを！」

小さく震える黒猫をそっと抱きしめて、秋風は藤墨を睨《にら》んだ。

「治せ」

「……は？」

「呪符ならもう何枚か書いてやったはず。それを使い、この猫の呪詛を解け！　今すぐ！」

目を三角にして怒る秋風に、藤墨がぽかんとする。数瞬後、藤墨は眉を寄せて唸った。

「……言うに事欠いて、呪詛を解けだと？　さっきも言ったが、この猫はもう元には戻れないんだ。今更呪詛を解いたところで、こいつは猫又になるだけだ。妖を姫の元に返すわけにはいかないだろう」

「それなら、この猫は私が引き取る」

「……本当に正気か、あんた」

まじまじと秋風を見つめた藤墨が、先ほどと同じ言葉で唸る。

「ただの猫ではない。猫又になってしまうのだぞ？　助けたところで、姫を逆恨みして呪おうとするかもしれんし、恩を忘れてあんたに害をなそうとするかもしれん」

「大丈夫だ。この猫はそのようなことはせぬ」

主人にかけられた呪いを肩代わりさせられ、捨てられてもなお、一生懸命主人の元に戻ろうとしていた、健気な猫だ。そんな恩知らずなことをするはずがない。

苦しげな黒猫をそっと撫《な》でてやって、秋風は言った。

「もし万が一のことがあれば、その時は君に退治を頼めばいい。それに、君が報酬を断ったからには、この猫の命は私のものでもあるはずだ。ならば私は、この猫の命を助けたい」

「……いや、だから」

「それを断ると言うのなら、今この場で私の分の報酬を払ってもらおう」

「人助けで報酬を受け取るなと言ったその口で、俺を脅すのか……」

天を仰いだ藤墨が、勘弁しろと唸る。

秋風は黒猫を抱きしめ、じっと藤墨を見つめて言った。

「……頼む。この猫を助けてやってくれまいか。たとえ獣といえど、このような苦しい思いをさせられた上に研究材料として下げ渡されるだなんて、そんな理不尽があっていいはずがない。そうだろう？」

「………………」

「頼む。この通りだ」

深く頭を下げた秋風に、藤墨はしばらく無言だった。

しかしやがて、大きなため息をついて言う。

「……分かった」

「っ、本当か！」

パッと顔を上げて、秋風は藤墨に笑いかけた。

「ありがとう！　なんだ、やはりいい男だな、君！」

「……っ」

屈託のない笑みを浮かべる秋風に、藤墨が一瞬息を呑む。まじまじと秋風を見つめた藤墨は、興味深そうに目を細めて小さく呟いた。

「……まあ、秋殿のそういう顔が見られるのなら、そう悪くない話か」

「ん？　なにか言ったか？」

聞き取れなかったと言った秋風に、いや、と頭を振って、藤墨が言う。

「ただし、条件がある。その猫の命は、一応俺のものでもあるからな。だから、そいつを助ける代わりに、今後も俺に力を貸してほしい」

「力を貸す？　私がか？」

「ああ。今回のように札を書いてもらいたい。……秋殿の書の力は、思った以上だった。あんたがこれからも俺のために札を書いてくれるのなら、その猫の呪詛を解いてやってもいい。もちろん、報酬はその都度払う」

どうだ、と藤墨が秋風に迫る。

一瞬躊躇《ためら》った秋風だったが、すぐに藤墨を見上げて頷いた。

「分かった。ただし、人を傷つけるような札は書かない。報酬も不要だ」

「……不要？」

目を瞠る藤墨に、秋風は肩をすくめて言った。

「ああ。これまでも書に関して人から報酬をもらったことはなかったし、幸い食べるのに困らない程度の収入はあるからな。ただその代わりに、私が書いた札を使う時には、なるべく同行させてくれ」

「同行？　今回のようにか？」

秋風の申し出がよほど意外だったのか、藤墨が驚く。そんなに驚くことだろうかと首を傾げて、秋風は頷いた。

「そうだ。私は今まで妖や霊の類《たぐい》が見えても、見えぬ振りをしてきた。だが先ほどの君の術を見て、もしかしたら違う関わり方ができるのかもしれないと思ったのだ」

「…………」

「君の使う術はとても興味深い。それに、私が書いたものがどう世の役に立つのか、知りたいんだ」

これまでも、自分の書が誰かの助けになれたらと思って、恋文の代筆や写経をしてきた。しかし、この藤墨に協力すれば、もっと多くの人の役に立てるかもしれない。

それを確かめるためにも、この陰陽師と行動を共にしてみたい。

「もちろん、障りのない範囲で構わない。……駄目だろうか?」

問いかけた秋風に、藤墨はしばらく無言だった。だが、ややあって秋風をじっと見つめたまま呟く。

「……秋殿は、大層な変わり者だな。猫を助けろだの、報酬の代わりに同行させろだの……。そのようなことを言われたのは初めてだ」

調子が狂うと言いつつも、藤墨はどこか楽しそうに笑って続けた。

「だが、よいだろう。俺も、秋殿のことはもう少し知りたいしな。よし、そうとなれば早速呪詛を解くから、その猫に名をつけてくれ」

「名を?」

どういうことかと聞き返した秋風に、藤墨が言う。

「この猫は妖として生まれ変わることになる。秋殿が新たな名を与えれば、猫又となったこの猫の主は秋風、あんただ」

真名《まな》を与えた者は、その者を支配できるということなのだろう。

藤墨の説明に納得して、秋風は腕の中の黒猫を見つめた。

黒くて小さくて、可愛らしいその姿に、自然とその名前が口をついて出る——……。

「……黒豆」

——呟いたその声に違和感を感じて、伊織《いおり》はあれ、と思った。なにかが、おかしい。

（夢……？　僕……）

ふわふわとした意識の中、今見ていた夢を思い返そうとした伊織だったが、その時、すぐ近くで甘さを残した低い声が聞こえてくる。

「……たとえ夢でも、他の男の名を口に出すたあ感心しねぇな」

「ん……？」

この声は、とぼんやりと目を開けた伊織の視界に、見覚えのある少年の顔が映る。白皙《はくせき》の頰《ほお》、墨のような瞳、日本人形のように整った美しい顔——。

「知ってるか、伊織。夢に出てくる奴は、あんたに想いを寄せてるんだぜ。まあ、俺たちの前世の頃の話だが」

「…………」

「それで言えば、黒豆より俺の方があんたのことを想ってるはずなんだがな」

譲る気はないぜと笑った少年が、ちゅ、と伊織の鼻先にくちづけを落とす。ベッドに横になっていた伊織は、その感触に完全に目を覚まし、ガバリと起き上がった。

「す、す、す、昴《すばる》くん!?　なんで……！」

「そろそろ起きる時間だろ？　目覚まし時計代わりに起こしてやろうと思ってな」

そう言う昴は、どうやら伊織の眠るベッド脇の床に膝《ひざ》をつき、寝顔を覗き込んでいたらしい。目を瞠る伊織に構わず立ち上がり、ふっと笑みを浮かべて言う。

「おはようさん。よく寝てたみたいでよかった。ああ、一応言っとくが、寝てる間にいかがわしいことなんざしてねぇから安心しろ。まあ、ちっとムラッとはしたが」

「な……」

なんてことを言うのかと絶句した伊織をよそに、昴がからりと笑って部屋を出ていく。

「可愛い寝顔、拝ませてもらったぜ。……次は俺の夢を見ろよ、伊織」

「……っ、……っ、見ないよ！」

真っ赤になって叫んだ伊織に、昴が一層愉快そうな笑い声を上げる。ドアの向こうに消えた華奢《きゃしゃ》な背中に向かって、伊織は赤い顔を擦りながら唸った。

「い……、いかがわしいとかムラッととか、小学生の言うことじゃないだろ」

オヤジか、と呟いて、そうだった、中身は成人男性なのだった、と大きく息をつく。

（それにしたって可愛い寝顔とか……、僕よりよっぽど綺麗《きれい》な顔してる子に言われるなんて、思ってもみなかった）

からかわれたせいで、覚えていたはずの夢の内容ももう記憶から吹き飛んでしまっている。

（なんだっけ……、黒豆の夢だったんだっけ？）

『……たとえ夢でも、他の男の名を口に出すたあ感心しねぇな』

夢の内容を思い出そうとした途端、嫉妬《しっと》を滲《にじ》ませた囁《ささや》きが脳裏に甦《よみがえ》って、伊織は思いきり頭を振った。

（他の男って……、猫だし！）

正確には猫又だけどと思いつつ、ベッド脇の目覚まし時計を見る。どうやら昴はアラームをとめてしまったらしく、時計の針はいつも起きる時間より十分ほど遅い時間を指していた。

（もしかして昴くん、十分も僕の寝顔見てたのかな……）

起こしに来たのならちゃんと時間通り起こしてほしいと思いつつ、伊織はベッドから降りて伸びをした。

——昴が伊織の家に滞在することになって、数日が過ぎた。

昴の編入手続きを済ませた両親は、しばらく息子をお願いしますと頭を下げ、一昨日仕事のために日本を発った。次にこちらにやってくるのは三ヶ月後、昴と共に日本に住む時になるだろう。

両親を見送る時には寂しそうな顔をしていた昴だが、それも演技だったらしい。伊織の家族の前では無邪気な小学二年生を演じているが、伊織と二人きりだといつも、——ああだ。

（あれが彼の素なんだろうけど……、でも、普段とのギャップすごすぎない？）

この数日間、伊織は昴に怨霊《おんりょう》を退治する方法を教えてほしいと幾度となく頼んでいるが、昴はあんたには向いてないと言うばかりだった。

『術を操るには、それだけ強い念が必要なんだ。こうしたいっていう強い思いがありゃ、言霊《ことだま》がなくても呪符は発動するが、少しでも雑念が混じれば失敗する。それに、これからは俺が守るって言っただろう。あんたが怨霊退治を覚える必要はない』

いくら前世の記憶があるとはいえ、小学生に身を守られるなんて気が引けるし、自分で自分の身を守る術を身につけたいのに、昴はどうしても伊織にその呪いとやらを教える気はないらしい。

その代わりにと、昴は伊織に紙片を二枚、渡してきた。

『俺が近くにいない時は、こいつらがあんたの身を守る』

人形をしたその紙片は、濃い桃色と、薄い桃色の和紙でできていた。戸惑う伊織に、昴はいいから持っておけと言い、昴は祖母のお守りの中に強引にその紙片を入れてきた。

『ま、この辺り一帯は俺が浄化しといたから、しばらくの間は安心だと思うが、念のためにな。……中にはしつこい怨念を持ったやつもいるからな』

このお守りの強化だと思ってくれりゃいい、と渡されたお守りを、伊織は以前と同じように肌身離さず持ち歩いている。

（……まあ、この間みたいな怨霊に出くわしたのはあれが初めてだったし、その前だってそう頻繁に霊に遭遇してたわけじゃないから、大丈夫だとは思うけど）

事実、伊織はあの日以来、新たな霊には出くわしていない。これも昴が辺り一帯を浄化してくれたおかげだろう。

まだ体が成長しきっていないから前世の半分も力はないと言っていた昴だが、それでも土地の浄化ができるなんて、彼は前世で相当強い力を持った陰陽師だったのではないだろうか。

(なんか想像できないな……。だって昴くん、ランドセル背負ってるし)

黒豆の話もあるし、目の前で昴が怨霊を退治したところも見たから、彼の前世が陰陽師だったのは本当のことなのだろうと思う。だが、伊織が知っているのは今の小学生の昴だけだ。

陰陽師の彼なんて想像がつかないし、その彼の恋人だったという前世の自分もどんな人物だったのか、見当もつかない。

昴に聞いてみても。

『今のあんたとそう変わらないぜ。まあもっとも前世では同い年だったたし、出会った当初はだいぶ俺への当たりがきつかったが』

なんせ、陰陽師なんだから霞を食って生きるくらいの芸当はお手のものだろうとか言ってたしなあ、とどこか遠い目をして言われてしまう。

(霞食べて生きろとか……、なんか結構性格悪くないか、前世の僕)

一体どういう話の流れでそんなことを言ったのだろう。

気になりつつも、伊織は手早く着替えを済ませ、一階に降りた。顔を洗って居間へ向かうと、食卓ではすでに両親と伊月《いつき》が昴と共に朝食をとっていた。

「昴くん、お味噌汁《みそしる》の味どうかしら？」

「すっごくおいしいよ！　僕、おばさんの料理大好き！　こっちの卵焼きは、伊月お兄ちゃんが作ってくれたの？」

「そうだよ。よく分かったね」

驚く伊月に、昴がにこにこと答える。

「昨日おばさんが作ってくれたのより、ちょっとだけ塩っぱかったから。でもどっちも美味しいね」

「昴くんは味覚がしっかりしてるんだな」

感心する父の前の席に座り、伊織はおはようと挨拶をして朝食に手をつけた。隣の席の伊月が、首を傾げて聞いてくる。

「今日はいつもより起きてくるの遅かったね、伊織」

「……アラーム、とめられてたみたいで」

ちろ、と斜向《はすむ》かいを見やるが、昴は素知らぬ顔で焼き鮭をつついている。はあ、とため息をついて、伊織は味噌汁をすすった。

伊織には構わず、母が昴ににこにこと聞く。

「昴くん、学校はどう？　お友達、もうできた？」

「うん、クラスの子の名前はほとんど覚えたよ。神社に住んでるって言ったら、みんなすげぇって。おじさん、今度友達連れてきてもいい？」

「ああ、もちろん」

昴の言葉に、父が上機嫌で頷く。

どうやら母だけでなく父もすっかり昴がお気に入りらしい。

伊織は手早く朝食を済ませると、洗面所で歯を磨き、玄関へと向かった。

靴を履いていると、食事を終えたらしい昴が居間から出てくる。

「気をつけてな、伊織。ばあちゃんのお守り、ちゃんと持ってるか？」

「持ってるけど……、あの、わざわざ見送りに来てくれなくてもいいんだよ？」

今朝のこともあって少し警戒しながらそう言った伊織に、昴が苦笑を零《こぼ》す。

「まあそう言うなって。しばらくの間だが、あんたをこうして毎朝見送れるなんて、俺にとっちゃそれだけで苦労して転生してきた価値があるんだ」

前世では一緒に暮らしてなかったからなと笑う彼に、伊織は少し言葉に詰まってしまった。

「……そう、なんだ」

（苦労してって……。やっぱり、結構無理をして僕を追いかけてきたってこと、だよね）

そういえば昴は以前、自分の転生先を探すのに手間取ったというようなことを言っていた。

元は同い年だったが、探すのに時間がかかってしまって十も年が離れてしまった、と。

（それって、僕を探すのに十年かかったってこと、だよね……）

力のある陰陽師だったのであろう彼でも、探すのに十年かかったのだ。

そこまでするほど、昴は前世の自分を愛していたのだ――。

「…………」

「伊織？　どうかしたか？」

俯《うつむ》いて黙り込んだ伊織に、昴が声をかけてくる。

「具合でも悪いのか？　それなら、今日は休んだ方が……」

心配そうに手を伸ばしてくる昴から、伊織は思わず身を引いていた。軽く目を瞠った昴から咄嗟《とっさ》に視線を逸らし、口早に言う。

「あ……、だ、大丈夫。ありがとう。……行ってきます」

昴を遮って、伊織は玄関を出た。

「……気をつけてな」

扉を閉める間際に聞こえてきたその声は少し寂しげで――、伊織はなにも、答えることができなかったのだ。

――事件が起こったのは、その日の夕方、学校を終えた伊織が家に帰る途中のことだった。

トン、とバスのステップを降りて、伊織はふうとため息をついた。走り去るバスを背に、自宅へと歩き出す。

「随分日が伸びたなあ」

部活をやっていない伊織は、予備校がある日以外はまっすぐ家に帰るため、帰宅時間があまり変わらない。冬場はこの時間でももう暗かったのにと思いながら、伊織は綺麗な夕焼け空をぼんやりと眺めた。

(……今朝、悪いことしちゃったな)

思い浮かぶのは、今朝の昴との会話だ。

わざわざ見送ってくれた昴に、不自然な態度を取ってしまった。気をつけてな、とどことなく寂しそうだった声が頭から離れなくて、今日は授業にもいまいち身が入らなかった。

(昴くんももう学校から帰ってきてるはずだから、ちゃんと謝ろう。それで、ちゃんと話そう。……僕は君の気持ちには応えられないって)

一日ずっと考えて出した結論に、伊織はぐっと唇を引き結んだ。

自分が恋愛ごとに慣れておらず、そしてあまりにも昴の言動が男前だったこともあって、今までちゃんと拒めなかったけれど、こんな態度をいつまでも続けていていいはずがない。

昴は十年後にはと言っていたけれど、何度考えてみても、たとえ十年経ったとしても、彼のことを恋愛対象として見られるとはどうしても思えないのだ。

（十年経ったら僕は二十七歳で、昴くんは十七歳……。そんな年下の、しかも親戚の子を好きになれるとは思えない。そもそも男同士だし……）

恋愛方面に疎いとはいえ、伊織はこれまで同性を好きになったことはない。前世で恋人同士だったとはいえ、その記憶のない自分が昴に恋愛感情を抱けるとも思えなかった。

確かに、言動だけに限れば昴は自分より遥《はる》かに男らしく、大人っぽい。守るというその言葉も口先だけのものではなく、それだけの力を備えていることも知っている。

それこそ十年経ったら、きっとカッコいい若者に成長するのだろう。でも、そんな将来有望な若者を、いつまでも前世の記憶に縛りつけていていいのだろうか。

（危ないところを助けてもらったし、今も浄化とかお守りとかいろいろしてもらってるから言い出しにくいけど……、でも本当はちゃんと断った方が、昴くんのためだ）

前世の自分を追いかけて転生までした昴には申し訳ないけれど、彼の一途さや真剣さを知ればば知るほど、伊織はそう思うようになっていた。

気持ちに応えられないと分かっているのに拒まないでいるなんて、それこそ不誠実だ。本当に彼のためを思うのなら、ちゃんと突き放して、前世のことを引きずるのはやめるよう説得するべきだ。

そしてそれができるのは、彼の前世の恋人の生まれ変わりだという、自分だけだ——。

「……僕がちゃんと、話さないと」

ぐっと俯いて呟いた伊織だったが、その時、後ろから声がかけられる。

「あれ、伊織？　今帰り？」

振り返るとそこには伊月が立っていた。今日は袴姿《はかますがた》ではなく、普通の洋服を着ている。

「うん、そう。出かけてたの、兄さん？」

「教授から資料整理手伝ってほしいって電話が来て、ちょっとね。一緒に帰ろうか」

歩み寄ってきた兄に誘われて、伊織は頷いた。伊織の隣を歩きながら、伊月がのんびりと言う。

「そういえば昔、この道を一緒に歩いてた時に、伊織がお化けがいるって急に泣き出したことがあったよね。あれ、いくつくらいの時だったっけ？」

「……もう忘れたよ、そんなこと」

本当は忘れてなんていないし、成長した今も人ではないものが見えるけれど、それを兄に言ったところで信じてもらえないのは分かっている。

事実、伊織が五歳だったその時も、一緒にいた兄は泣きじゃくる伊織に困り果て、家まで祖母を呼びに行ったのだ。

（あの時おばあちゃんに、普通の人は自分の見えるものしか信じないから、黙っていようねって言われたんだっけ……）

思い出して懐かしい気持ちになった伊織だったが、それは伊月も同じだったらしい。

「確かあの時、おばあちゃんにおんぶされて帰ったんだよね、伊織。あれはちょっとうらやましかったなあ」

「わ……、忘れてよ、もう」

恥ずかしいからと訴えた伊織に、伊月が笑い声を上げる。もう、とむくれてみせながらも、伊織はちらりと道の脇にある竹藪《たけやぶ》を窺《うかが》った。

（……今日は大丈夫、みたいだな）

先日も怨霊が出たこの竹藪のある道は悪い気が溜《た》まりやすいらしく、今まで何度も霊を見かけている。昴が辺りを浄化してくれたとはいえ、少し怖くて避けていたのだが、どうやら大丈夫そうだ。

（やっぱり昴くん、すごいな……）

そんなすごい陰陽師だった彼に想いを寄せられるなんて、前世の自分は一体どんな人物だったんだろうか。

（きっと僕とは違って、自分に自信がある人だったんだろうな……。気になるけど……、でも、……関係ない）

あれほど想ってくれている昴には悪いと思うけれど、それでも自分は自分だ。秋風という人物に重ねられても困るし、前世で恋人だったから今の自分も好きだというのは、やはり違うのではないかと思う。

（昴くんはそれだけ秋風さんのことが好きだったのかもしれないけど……、僕は秋風さんじゃない）

思い出せなくてもいい、また好きになってくれればと言う昴だが、そもそも彼は自分を通して秋風を見ている。十も年下だからとか、親戚だからという以前に、自分を誰かの代わりにしている相手を、好きにはなれない――……。

結局どう転んでもその結論に辿《たど》り着いてしまって、伊織は俯いた。

（……なるべく早く、話をしないと）

昴はあと三ヶ月伊織の家にいる予定だから、はっきり伝えたら気まずい思いをするかもしれない。だが、その間ずっと黙っていたら、きっと彼は伊織のことを怨霊から守ろうとし続けるだろう。

彼の想いにつけ込むようなことはできない。

やはり今日話をしないと、と伊織が改めて思った、――その時だった。

「……う……」

唐突に、少し後ろの方から呻《うめ》き声が聞こえてくる。顔を上げた伊織は、いつの間にか隣を歩いていたはずの伊月がいないことに気づき、背後を振り返った。しかし。

「え……」

伊織から五、六歩遅れたところにいた兄は、その場でうずくまっていたのだ。

その背には、大きな黒い、靄のようなものが乗っていて——。

「な……っ、兄さん！」

驚き、慌てて駆け寄ろうとした伊織だが、その時、伊織の制服の胸ポケットからなにかが飛び出す。

思わず足をとめた伊織は、目の前に浮かぶ二枚の紙片に息を呑んだ。

「……っ、なに……」

それは、人形をした小さな紙片だった。片方は赤に近い濃い桃色で、もう片方は白に近い薄い桃色をしている。

（これ、確か昴くんが僕のお守りに入れた……）

先ほどなにか飛び出したのはこれだったのだろうかと瞬きをする伊織の目の前で、ゆらゆらと揺れながら宙に浮かんだ紙片が輝き出す。

眩《まぶ》しいその光に、伊織は咄嗟にぎゅっと目を瞑《つむ》り——、次に飛び込んできた光景に愕然《がくぜん》としてしまった。

「っ、え……」

先ほどまで紙片があったその場に、ふわふわと二人の女の子が浮かんでいたのだ。

年齢は五歳くらいだろうか。真っ白な巫女《みこ》のような装束《しょうぞく》に身を包んだその子たちは、双子なのか顔立ちはそっくりで、それぞれ濃い桃色の髪と、薄い桃色の髪をしていて――。

「なりません、伊織様！」

濃い桃色の髪の子が、キッとこちらを見つめて、通せんぼするように両手を広げる。なにもかもが唐突なその子に、伊織はたじろいでしまった。

「な……、なんで、僕の名前……。君たちは……？」

「私たちは、昴様の式神でございます！　私は梅《うめ》！」

「……私は、桜《さくら》」

隣の薄い桃色の髪の子も、そう名乗って両手を大きく広げ、伊織の行く手を塞《ふさ》ぐ。

「式神って……」

確か、陰陽師が使役する人ならざる存在のことだ。おそらく昴がお守りに入れていた紙片はこの子たちだった、ということなのだろう。

驚きながらもなんとか理解した伊織は、彼女たちの背後から聞こえてきた伊月の呻き声にハッとした。

「う……」

「兄さん……！」

見れば、梅と桜の肩越しに、伊月が地面に倒れ込んでいる。伊織は慌てて二人の間に割り込もうとした。

「どいて！　兄さんを助けないと……！」

「なりませんと、言って、おります！　伊織様は、人一倍穢《けが》れに弱い、のです、から……！」

しかし、キッと視線を険しくした梅は、小さな手で懸命に伊織を押し返してそう言う。その隣で、桜も伊織の肩をぐいぐいと押し返しながら頷いた。

「私たちは昴から、伊織を守るよう命じられてる……。あれは……、あの霊は、危険……。あなたを近づけるわけには、いかない……」

「桜……っ、あなた、もうちょっとちゃんと、力込めて、伊織様をとめてよ……！」

「やってる……」

涼しい顔の桜に文句を言う梅だが、どうやら二人は伊織を守るため、兄から遠ざけようとしているらしい。伊織は眉を寄せて二人の間に割って入った。

「悪いけど、そんなこと言ってる場合じゃないんだ！　通させてもらうよ……！」

「あ、伊織様！　っ、桜！」

強引に二人を押しのけ、兄に駆け寄る伊織を見て、梅がすぐさま声を上げる。こくりと頷いた桜が素早く梅に寄り添い、二人は両手を伊織の背に向かって突き出した。

「梅花、桜花、花嵐……！」

二人の声が重なって響いた瞬間、その場に白と濃い桃色の花びらが降り注ぎ、強烈な風が吹き荒れる。まるで竜巻のようなその風にあっという間に取り囲まれ、伊織は身動きが取れなくなってしまった。

「……っ、兄さん……！」

目の前には地面に倒れ込んだ兄がいるというのに、前から吹きつけてくる風が強すぎて、近寄るどころか、目を開けて立っているのがやっとだ。伊織はその場にドッと膝をつき、歯を食いしばって必死に兄に呼びかけた。

「兄さん、目を開けて！　逃げて！」

しかし、伊月はどうやら意識を失っているらしく、いくら伊織が呼びかけても反応しない。

伊織は力を振り絞って、兄へと手を伸ばした。

「兄さん！」

伸ばした指先に花びらが強《したた》かに当たり、ピッと小さな傷が走る。それでも構わず腕を伸ばす伊織の指先が、どうにか兄に触れようとした、その瞬間だった。

「伊織！」

伊織の背後から、鋭い声が上がる。振り返った伊織は、こちらに駆けてくる昴の姿に目を瞠った。

「昴くん……！」

「梅、桜、退け！　急急如律令《きゅうきゅうにょりつりょう》、呪符……」

呪符を指先に挟んだ昴が命じようとしたその時、伊月に覆い被さっていた怨霊が突如身を起こす。人の形をしたその黒い靄は、倒れ伏す伊月を見るなり、悲しげな咆哮《ほうこう》を上げた。

「……ッ、オォオオオ……」

絶望にも似た叫びを響かせた怨霊が、そのままふわっと宙に浮き、遠くの空へと勢いよく飛んでいく。同時に大量の花びらがフッとかき消え、伊織は慌てて伊月に駆け寄った。

「……っ、兄さん！」

すぐ後ろで、昴が怨霊が消えた辺りを睨んで唸った。

「……まさか、あいつは……」

「昴様」

昴の元へスーッと空中に浮かんだまま移動した梅と桜が、昴になにかを手渡す。それを受け取った昴は、ご苦労、と二人をねぎらうと、二人を元の紙の姿に戻し、すぐさま伊織の元に駆け寄ってきた。

「伊織、大丈夫か」

「す……、昴くん……、兄さんが……」

地面に倒れ伏した兄は、息はあるようだが真っ青で、ぴくりとも動かない。動揺し、涙を浮かべる伊織を見て、昴がその場に片膝をつき、先ほどとは別の呪符を取り出して命じた。

「急急如律令、六根清浄……！」

昴が印を結んだ途端、伊月の体が穏やかな白い光に包まれる。ふわ、と伊月の髪や服がやわらかな風に吹かれたように揺れた後、白い光は星屑《ほしくず》のように煌《きら》めきながら消えていった。

「……これで大丈夫だ。すぐ目を覚ます」

そう言った昴に、伊織は茫然《ぼうぜん》としながらもお礼を言った。

「あ……、ありがとう、昴くん……」

「いや。梅と桜が顕現したのに気づいて飛び出してきたんだが……、間に合ってよかった」

伊織の隣でほっと息をついた昴が、そっと伊織の肩を叩いて言う。

「あんたは大丈夫か。どこも、ケガはないか」

診せてくれ、と言った昴が、伊織の顔や首、手などをあちこち確かめる。指先の傷に気づいた昴は、顔をしかめると唸った。

「血が……」

「あ……、これくらい……、っ⁉」

大丈夫、と言おうとした伊織だったが、皆まで言う前に昴が伊織の指先を自分の口に含む。ちゅっと傷口を軽く吸われて、伊織は目を白黒させてしまった。

「っ、昴くん⁉」

「……ん、血は止まったな」

目を伏せて傷口の確認をし、ぺろ、と伊織の指先を舐《な》めてそんなことを言う昴に、伊織は顔を赤らめて呻いた。

「なにしてんの……、汚いでしょ……」

「どのみち後で洗って消毒するだろ」

「いや、そこまでしなくて大丈夫だし、それに汚いってのは逆で、傷口なんて舐めたらバイ菌が……」

「あんたのバイ菌なら、喜んで引き受けるさ」

「なに言ってんの、もう……」

相変わらずな言動に呻いた伊織に、昴が真面目な顔つきで謝ってくる。

「……梅と桜が悪かった。ただの怨霊ならあいつらだけで退けられるんだが……、あの怨霊はちっと、特殊でな」

「え……、ど、どういうこと？」

「それが……」

昴が口を開きかけたところで、伊月がかすかに声を上げる。

「ん……、い、おり……？」

「……っ、兄さん、大丈夫？」

身を起こそうとする兄を慌てて手助けしようとした伊織に、昴が素早く耳打ちする。

「……続きは後で話す」

「昴く……」

「伊月お兄ちゃん、大丈夫？」

パッと心配そうな表情を浮かべ、声のトーンを高くした昴が、伊月の背を支えて気遣う。

「僕ちょうど遊びに行くとこだったんだけど、突然気分が悪いって呻いて、倒れちゃったんだって。今救急車呼ばなきゃって話してたんだけど……」

「ああいや、大丈夫だよ。もう気分も悪くないから。ごめんね、伊織。僕、そんなことを？」

問いかけられて、伊織はあいまいに頷いた。

「あ……、う、うん」

「そうか……、どうしたんだろう。今はすごくすっきりしてるんだけどな」

立ち上がる伊月の顔色はもうすっかり普段通りだ。伊織はほっとして言った。

「……もしかしたら、疲れが溜まってたのかもね。なんともないようならいいけど、ちょっとでもおかしいところがあったら、本当に病院に行った方がいいよ」

昴が術で邪気を祓《はら》ってくれたとはいえ、倒れた時にどこか打っていないとも限らない。そう思った伊織だったが、伊月は自分の体をあちこち確かめるように触って苦笑した。

「うん、ありがとう。でも、本当にどこもなんともないみたいだから大丈夫だよ。ああ、一応母さんたちを心配させるといけないから、今日のことは三人の秘密にしてくれる？」

「……うん」

頷く伊織の横で、昴が伊月に言う。

「分かった。でも心配だから、今日は僕、遊びに行くのやめるよ」

「そんな、おれは大丈夫だから行っておいで」

友達と約束してるんじゃ、と言う伊月に首を横に振った昴が、するりと伊月と手を繋《つな》ぐ。

「もともと約束とかしてなかったし、もうすぐ暗くなるだろうから。伊月お兄ちゃん、部屋でゲーム付き合ってよ」

口止め料代わりに、と笑った昴に、伊月が苦笑混じりに頷く。

「分かったよ、昴くん。伊織、帰ろう」

「……うん」

頷いた伊織に、昴が空いている方の手を差し伸ばしてきた。

「……伊織お兄ちゃんも」

「え……」

「手、繋ご？　いいでしょ？」

にこっと笑った昴に、伊織は躊躇《ちゅうちょ》してしまう。しかし、すでに伊月が昴と手を繋いでいる以上、自分だけ断るということもできなくて。

「う……、うん……」

もごもごと頷くと、昴がやった、と顔をほころばせて伊織の手を取る。

ぎゅっと手を握ってくる小さな手に少し緊張しながら、伊織は夕焼けの色に染まりつつある空の下、ゆっくり家路についたのだった。

その夜、昴が部屋に来たのは、夕食と入浴を終えた伊織が参考書と辞書を片手に勉強していた時だった。

「伊織、いいか」

「あ……、うん、どうぞ」

ノックと共に廊下からかけられた声に、伊織は少し緊張しつつ答える。しかし、開いたドアから入ってきたのは昴ではなく、黒豆だった。

「あれ、黒豆?」

「この男が伊織様の部屋を訪ねるとのことでしたので、僭越《せんえつ》ながら私が伊織様をお守りせねばと思いまして」

鼻息荒く告げた黒豆に続いて、寝間着姿の昴がぼやきながら入ってくる。

「話するだけだ、つってんだろうが」

「あなたの言葉は信用に値しません!」

ふん、と鼻を鳴らした黒豆に苦笑して、伊織は勉強道具を片づけた。

「狭くてごめん。適当に座って」

座布団代わりにとクッションを並べ、自分はベッドを背にして床に座り込む。すると黒豆がぴょんと膝に飛び乗ってきた。

「はあ、伊織様のお膝は極楽ですね」

ごろごろと喉《のど》を鳴らしながらさっそく丸くなる黒豆に、昴がチッと舌打ちする。

「お前、わざとだな。いい加減にしねぇと、呪符で消し炭に……」

「ちょ……っ、昴くん、物騒なこと言わないの！　黒豆も、仲良くね」

「もちろんでございます、伊織様」

伊織が頭を撫でてあげると、黒豆は嬉しそうに目を細めて言った。

「喉元も是非！　是非お願い致します！」

「はいはい」

苦笑して黒豆のリクエストを聞いてあげる伊織の前に、昴が憮然《ぶぜん》としながらも腰をおろして告げる。

「……さっきまで下で伊月とテレビ見てたが、とりあえず伊月の様子は大丈夫そうだ。穢れもすぐに祓ったし、問題ないだろう」

「あ……、ありがとう」

なによりもまず兄の様子を知らせてくれた昴に少し驚きつつ、伊織はお礼を言った。

（もしかしなくても昴くん、兄さんの様子を確かめるために、一緒にゲームしてって言ってくれたんだ……）

先ほどは気づかなかったが、おそらく伊織の想像した通りで間違いないだろう。いや、と頭を振って、昴が言う。

「伊織にとって大事な家族は、俺にとっても大事な相手だからな。……それに、伊月のことは前世から知ってる」

「……っ、前世って……」

目を瞠った伊織の膝の上で、黒豆が言う。

「伊月様は、前世でも伊織様のお兄様だったのです。春風《はるかぜ》様、と仰《おっしゃ》いました」

「そうなんだ……」

兄と前世でも縁があったなんて、嬉しい驚きだ。顔をほころばせた伊織に、昴が言う。

「前世で縁があった相手とは、転生しても何らかの関わりがあることは多いが……、それにしたって同じように兄弟に生まれるのは稀《まれ》だ。伊織と伊月は、よっぽど縁が深いんだろうな」

羨《うらや》ましいことだ、とそうため息をつく昴は、伊織の転生先を探すのに十年もの月日を要した。転生自体が無理矢理だったせいもあるだろうが、もしかしたら本来自分たちは縁が浅いのかもしれない。

（昴くんが転生してから今までずっと海外にいたのも、そういうことなのかもな）

内心そう思った伊織をよそに、昴が眉を寄せて切り出す。

「……夕方のことは、そこの毛玉にもあらかた話してある。一応、確認しておきたいこともあったからな。……これだ」

なんだろうと首を傾げた伊織の前に、昴はハンカチに包んだ何かを置いて言った。

「これは、夕方のあの怨霊が落としていったもんだ。梅と桜が拾った」

スッと昴がハンカチを開ける。するとそこには、古びた櫛《くし》が一つあった。

「櫛？　なんだか随分古そうだけど……」

「ああ。千年前のもんだからな」

頷いた昴が、ちらりと黒豆を見やる。すると黒豆は、伊織の膝からトッと降り、居住まいを正して言った。

「……伊織様。実はこの櫛は、私の元の主人、薫子様のものなのです。薫子様は伊月様の前世、春風様と恋人同士でいらっしゃいました」

「え……」

驚く伊織を見つめつつ、昴が黒豆に確認する。

「この櫛も、春風が薫子に送った品だ。だよな？」

「はい、間違いありません」

頷く黒豆に、伊織はたまらず声を上げた。

「ちょ……、ちょっと待って、二人とも。つまりあの怨霊は、兄さんの前世の恋人だったってこと？　兄さんは前世でその薫子さんに恨みを買ってたって、そういうことなの……？」

たまたま襲われただけだろうと、てっきりそう思っていた伊織は、思わぬ真相に愕然としてしまう。しかし、伊織のその問いかけに、昴は頭を振った。

「いや、おそらく薫子の方にそんなつもりはなかったはずだ。それに、ありゃ怨霊じゃねえ。怨霊ってのは、恨みを抱いて死んだ人間がなるもんだからな」

強いて言うなら亡霊ってとこか、と眉を寄せて言う昴に、伊織は混乱してしまった。

「え……、え、どういうこと？　怨霊じゃないなら、どうして……」

戸惑う伊織に答えたのは、黒豆だった。

「……最初から順番に、お話し致します。薫子様と春風様は、それは仲睦まじい恋人同士でいらっしゃいました。春風様は笛の名手で、薫子様に笛を指南しにいらしたのをきっかけに、親しく歌を交わしあうようになり……。春風様に横恋慕した姫君、白菊様に呪詛をかけられたこともありましたが、薫子様はそれでも一途に春風様を想われていました」

「白菊？」

聞き覚えのある名前に、伊織は首を傾げた。どこだったっけ、と記憶を辿っていると、昴が告げる。

「少し前に伊織を襲ってきた怨霊がいただろう。あれが白菊だ。当時俺が薫子の呪詛を解いて、

白菊に呪詛返しをしたんだが……、それでも春風のことが諦《あきら》められず、成仏できずに怨霊にな
っちまったんだろうな」
昴の言葉に、伊織は数日前のことを思い出す。
『コイ、シヤ……、アア……！』
恨めしげな、しかし悲しげなあの声の主は、兄の前世に関わる姫だったのだ。
「もしかして……、その白菊さんは僕のこと、兄さんだと勘違いして襲ってきたとか……？」
おそるおそる聞いてみた伊織に、昴が唸る。
「その可能性は高いだろうな。怨霊となった白菊は、おそらく長い間この世をさ迷っていたが、
春風の転生先を捜し当ててこの町に来たんだろう。だが、伊月は今、神主と同等の神気を纏《まと》っ
ていて、怨霊の白菊はおいそれと近づけない。似ている伊織を伊月の代わりにしようと思った
か、勘違いして襲ったか……」
兄が神主と同等の神気を纏っているというのは、きっと神主である父の仕事をよく手伝って
いるからだろう。
「じゃあ、白菊さんはきっとまた僕のこと……」
緊張し、こくりと固唾《かたず》を呑んだ伊織に、昴が険しい表情で頷く。
「ああ、狙《ねら》おうとするだろう。怨霊は、恨みを抱く者に取り憑《つ》き、その魂を喰らおうとする。
怨霊に喰らわれ、穢れた魂は、二度と救われることはない」

衝撃的な言葉に、伊織は顔を青ざめさせた。

(そんな怨霊に狙われてるなんて……)

あの時足首を摑《つか》んだ冷たい感触を思い出し、恐怖に唇を引き結んだ伊織だったが、それに気づいた昴がすぐに付け加える。

「だが、あの程度の怨霊は、本来は生きてる人間に触れることはできないはずだ。この間はどういうわけか一時的に力が増幅して伊織に触れられたみたいだが、あれは例外と考えていいだろう」

確かに、これまで伊織が出会ってきた霊は、どれも恨みつらみを訴えかけてきても、伊織に触れることはできない様子だった。だからこそあの時、白菊に足首を摑まれて驚いたのだ。

「じゃ……、じゃあ、また襲ってきても、今度はあんなことにはならない……？」

おそるおそる聞いた伊織に、昴が頷く。

「ああ、大丈夫だ。逃げられはしたが、大幅に力は削《そ》いだしな。それに、この一帯は俺が定期的に浄化して回っているし、万が一の時には梅と桜もいる。あんたのことは、俺が守る」

だから心配するなと微笑《ほほえ》む昴に、思わずどきりとした伊織だったが、そこで黒豆がこほんと咳払《せきばら》いをする。

「話が逸れていますよ。……ともかく、春風様と薫子様は固い絆で結ばれた恋人同士でいらっしゃったのです。ですが、お二人は身分違い。薫子様は右大臣の一人娘で、お生まれになった時から、ゆくゆくは帝のおそばに上がることが決められていました」

　平安時代、権力者たちは帝に娘を嫁がせ、外戚となって己の地位を確固たるものにしていった。薫子もそんな権力者の家に生まれたということなのだろう。

　黒豆が続ける。

「薫子様は、それでもそれがお父様の為になるならと受け入れられていました。けれど、春風様に出会われて、ご自分の運命に立ち向かうことを決意されたのです」

「……二人は駆け落ちしようとしたんだ」

　手に手を取ってなと目を伏せて、昴が話を引き取る。

「だが、右大臣がそれに気づき、二人は捕らわれた。春風は島流しにされ……、そのまま病に倒れ、死んじまった」

「……っ、そんな……」

　前世とはいえ、兄の辿った運命にショックを受け、伊織は言葉を失ってしまった。

　昴も目を伏せ、つらそうに言う。

「当時、秋風も相当落ち込んでな。俺は荒れる秋風をなだめるのに必死だった。だから薫子の様子まで気にかけてやることができなかったが、その後確か右大臣家は没落して、都落ちしたはずだ。だがあの様子を見ると、どうやら薫子は、陰陽師に転生の術を頼んだようだな」

「転生の術って……、それじゃ、薫子さんは昴くんと同じように、兄さんを追って転生してきたってこと？　でも、それならなんであんな姿に……」

驚いた伊織に、昴がぐっと険しい表情で呻く。

「おそらく、頼んだ陰陽師の力が足りなかったかなにかで失敗したんだろう。薫子は転生しきれず、亡霊となって現世をさ迷ってたんだ。白菊のように恨みを抱えていなかったこと、中途半端とはいえ転生の術をかけられたことで、怨霊にまでは落ちなかったようだが……」

いっそ怨霊になっちまった方が、本人としては苦しまずに済んだかもしれないと、昴が唸る。

あまりにも悲しい恋人たちの話に、伊織は俯いて呟いた。

「……あの霊は……、薫子さんは、兄さんを襲ってたわけじゃなかったんだ……」

夕方の光景を思い出しながら言った伊織に、昴が頷く。

「ああ。だが、いくら本人にそのつもりはなくても、長い間さ迷い続けたせいで、彼女はもう怨霊に近いものになっちまってる。人間に触れたら、それだけで穢れを移しちまう」

「……だから、あの式神の二人は僕を霊から遠ざけようとしていたってこと？」

昴から、伊織を守るよう命じられていた梅と桜。彼女たちは霊が薫子だと気づいていたのだろうかと聞いた伊織に、昴は苦い顔で言う。

「そうだ。さっきも言ったが、梅と桜にはたいていの怨霊なら簡単に退けられるだけの力を与えてある。だが、あの二人は元々、薫子が大事にしてた庭の梅と桜の花から顕現させた式神だ。

あいつらにとっても、薫子は元の主人みたいなもんだ」

「……私がもし同じ状況になったとしても、薫子様に攻撃などとてもできません。生前の薫子様は、それはそれはお優しい姫様でしたから……」

耳を伏せ、苦しそうに言う黒豆を、伊織は思わず抱き上げていた。その小さな体をぎゅっと抱きしめ、昴に問いかける。

「……昴くん。さっき、薫子さんは怨霊に近いものになってるって言ったよね？　もし……、もしもこのまま完全に怨霊になってしまったら、薫子さんは……」

緊張しつつ聞いた伊織に、昴が強ばった表情で答える。

「……怨霊となった者の魂は、輪廻《りんね》の輪から外れる。輪廻の輪から外れるってことは、転生できなくなるってことだ。……薫子は二度と、人間として生を受けることはないだろう」

「っ、だったらその前になんとか……っ、なんとかしてあげられないかな⁉」

昴の言葉に、伊織はたまらずそう叫んでいた。伊織様、と腕の中で黒豆が呟く。

結ばれることが叶《かな》わなかった恋人を追いかけ、必死に転生しようとした姫君。転生に失敗し、それでもただ恋人に逢いたい一心で、亡霊となっても長い間ずっとさ迷い続けて。

そんな彼女が、このまま人に害をなす怨霊になってしまうなんて、あまりにも惨《むご》すぎる。

「薫子さんだって、怨霊になんてなりたくないに決まってる……。じゃなきゃ、あんなに悲しい声上げたりしないよ……」

耳に残る、悲しげな咆哮。

あの時彼女は、ようやく会えた恋人を苦しめてしまった自分に気づき、絶望したのだろう。

だが、それは同時に、薫子が人間としての自我を残している証でもある。ならば、まだ彼女を救うことができるのではないだろうか。

なにより、昴は強い力を持つ陰陽師で、彼自身が転生に成功している。

「昴くんなら、薫子さんを救ってあげられる……、違う？」

「伊織……」

そうであってくれと、半ばすがるように聞いた伊織に、昴が目を瞠る。

瞬きの後、昴はどこか嬉しそうな苦笑を浮かべて呟いた。

「……同じこと言うんだな」

「え……」

同じことって、と戸惑った伊織だったが、昴はいや、と頭を振ると、優しい笑みを浮かべて言った。

「なんでもない。……難しいが、他ならぬあんたの頼みだ。全力で叶えてやるよ。俺も、薫子とはなにかと縁があるしな」

その毛玉とかな、と笑う昴を前にして、伊織は今更ながらに思い出した。

（そういえば僕……、昴くんとちゃんと話をしよう、どう考えても君のことを受け入れられないって伝えようって、思ってたのに……）

　騒動があったせいですっかり頭から抜け落ちていた上、頼みごとまでしてしまった。これではますます昴のことを拒みづらくなってしまうと思った伊織に、黒豆が首を傾げる。

「伊織様？　どうかされましたか？　お顔の色が……」

　伊織の腕に抱かれたまま、心配そうに前足を伸ばしてぺたりと肉球で顔を触ってくる黒豆に、なんでもないよと笑おうとした伊織だったが、それより昴が口を開く方が早かった。

「大方、これでますます俺のことを拒みにくくなるとでも思ってるんだろ？」

「……っ、どうして……」

　図星を指されて思わず動揺してしまった伊織に、昴が笑う。

「あんたの考えそうなことくらい、すぐ分かるさ。俺はあんたの力になりたいんだから、これくらい気にする必要ねえし、むしろ利用してくれりゃいいくらいなのに、本当に真面目だよな、伊織は」

「必要ないって……、……でも」

　いくら昴自身にそう言われても、そんなに簡単に割り切って考えられない。口ごもった伊織だったが、その時、昴が伊織の方に身を乗り出してきた。

「……っ、昴く……」

「俺は、今回のことは逆にポイントを稼ぐチャンスだと思ってるくらいだ。もう一度惚れさせてみせるとは言ったものの、なんたって今の俺はあんたにとって、ただの親戚の小学生でしかねぇからな」

伊織の顔を下から覗き込むようにしてニッと笑う昴に、伊織の腕の中から黒豆が抗議の声を上げる。

「こら、このケダモノ！　伊織様から離れなさい！」

「うるせぇ、本物の獣のお前にケダモノ呼ばわりされる覚えはねぇよ」

ちっと黙ってろ、と黒豆の小さな頭を片手で押しとどめた昴が、伊織を見つめて言う。

「伊織、断った方が俺のためだとか思ってるだろ。いつまでも前世に引きずられていたら俺のためにならないとか、俺が好きなのはあくまでも秋風なのにとか、まあそんなところか？」

「な……、なんで……」

「あんたが考えそうなことくらい、すぐ分かるって言ったろ。伊達《だて》に千年前からあんたに惚れちゃいねぇよ」

ひとしきりおかしそうに笑ってから、昴はフッと真剣な表情を浮かべた。

「……確かに、俺にとって秋風は唯一無二の存在で、あんたが秋風の生まれ変わりである以上、重ねて見ていないとは言えない。けどな、いくら生まれ変わりでも、伊織自身に惹《ひ》かれなきゃ、もう一度恋人にしてくれなんて言わないぜ」

「……っ」

黒豆を押さえ込んでいるのとは反対の手で、昴がそっと伊織の頬を包み込む。細いその指先で慈しむように頬を、耳元を撫でられて、伊織は緊張に息を呑んだ。

「あんたはいつも、自分を顧みずに弱い奴を助けようとする。困ってる奴がいたら、自分の損得なんてお構いなしで全力を尽くす。そういうお人好しなところに、俺はどうしようもなく惹かれるんだ。……そういう伊織だから、もう一度あんたに恋をしたんだ」

「昴、く……、……っ」

身を乗り出してきた昴の、墨のように真っ黒な瞳に吸い込まれそうで、思わずぎゅっと目を瞑る。すると、くすっと小さく笑った昴は、伊織の前髪をそっと搔《か》き上げ、額にキスを落としてきた。やわらかな唇の感触に真っ赤になった伊織を優しく見つめ、昴が告げる。

「あんたが思うより、俺はあんたのことが好きだぜ、伊織。だから、俺の気持ちまで否定しないでくれ。……あんたを好きで、いさせてくれ」

頼む、と空気だけを震わせた囁きに、伊織はどうにかこくりと頷いた。

「……ん」

「ん、ありがとな」

ニカリと笑った昴が、くしゃくしゃと伊織の頭を撫でた後、すっくと立ち上がる。

「よし、じゃあ俺は薫子を助ける方法を考えてみる。もしかしたら伊織の力を借りることになるかもしれないから、その時はよろしくな」

「あ……、う、うん、それはもちろん」

慌てて頷いた伊織の腕の中で、黒豆がシャーッと威嚇の声を上げる。

「昴！　伊織様に触れるなと私があれほど言っておいたのに、あなたという方は……！」

「ちょっとでこちゅーしただけだろ」

「この不埒者《ふらちもの》めが……っ！　そこに直りなさい！」

成敗してくれる、と息巻く黒豆に、昴がふふんと余裕の笑みを浮かべる。

「別に伊織も嫌がってなかったぜ。な、伊織？」

「え……っ、……えっと」

再び顔を赤くして口籠もってしまった伊織に、昴は楽しそうに笑って去っていった。

「っ、はは！　ほんと、若いあんたは可愛いったらねぇなあ。邪魔したな。勉強、頑張れよ」

「待ちなさい、昴！」

憤慨した黒豆が昴を追って部屋を出ていく。

一人きりになった部屋で、伊織は赤い頬をごしごしと手で擦って呻いた。

「今は自分の方がよっぽど若いくせに……」

昴の手に、唇に触れられたところが、やけに熱い。

けれど、その甘痒《あまがゆ》い熱は不思議と嫌ではなくて、伊織はこっそり、顔をほころばせたのだった。

兄を見送る秋風の背後で、藤墨が呟く。

「……まさか、あの姫の恋人が、秋殿の兄君とはな」

「っ！　来ていたのか、藤墨！」

先ほどまではいなかったはず、と驚くのはこれで何度目だろうか。陰陽師を生業としているからなのか、彼が現れるのはいつも突然だ。

「ちょうどよかった。兄が君に礼を言いたいと言っていたんだ。今呼び戻してくるから……」

「ああ、いい。話は大体聞かせてもらった。……しかし、秋殿の兄君は随分厄介な姫に手を出したものだな」

「人聞きの悪いことを言うな。兄上はそのような御方ではない」

一体どこで聞いていたのか分からないが、人の兄に向かって随分な言いようだ。ふんと鼻を鳴らして、秋風は自室へと戻った。

この日、秋風の元を最初に訪ねてきたのは、兄の春風だった。

秋風が一月ほど前に藤墨と共に呪詛を解いた右大臣家の姫、薫子は兄の笛の教え子であり、二人は恋仲であるらしい。薫子はすっかり快方に向かい、もう床から起き上がれるようになったとのことで、秋風は兄から彼女の命を救ってくれてありがとうと、涙ながらに何度もお礼を言われてしまった。

兄の話では、先日薫子に呪詛をかけたのは、白菊という姫だということだった。彼女もまた、兄から笛の指南を受けており、どうやら兄に横恋慕した末、あのような暴挙に出たらしい。

今回は幸い大事には至らなかったものの、いずれ帝のそばに上がり、中宮となるであろう薫子との仲は、当然許されざるものだ。兄は、自分の立場はわきまえている、薫子との逢瀬《おうせ》も今後は控えるつもりだと言っていたが、あれほど想っている相手を、本当に諦められるだろうか
――……。

心配だ、とため息を零した秋風だったが、自室に入ったところで後ろからついてきた藤墨が不平を言う。

「そういえば秋風、また俺に断りなく依頼を受けただろう。犬が悪い霊に取り憑かれたから祓ってほしいとかいう、あれだ」

どっかりと胡座をかいた藤墨に、秋風は首を傾げた。

「ああ、相談があったから引き受けたが。なにか問題があったか?」

陰陽師と組むことになった秋風は、知り合いの困り事を引き受けるようになっていた。

子供の奇行が悪霊のせいではないか視てほしい、夜な夜なにかが家を徘徊《はいかい》する気配がするから退治してほしいなど、依頼は多岐に亘《わた》っている。

「他にもいろいろ相談が来ているぞ。黒豆があちこちで噂を聞いてきてくれるから、助かって

いる」

引き取った猫又、黒豆は、秋風を命の恩人と慕ってくれており、細々とした頼みを聞いてくれている。今日も都で誰か困っている人がいないか見に行ってもらっていると言う秋風に、藤墨は深くため息をついた。

「確かに同行するのは認めたが、俺はあんたに依頼の窓口まで頼んだ覚えはないぞ……。大体、なんだって犬に取り憑いた霊を、俺が祓わなきゃならないんだ」

そんな小さい依頼など放っておけと言わんばかりの藤墨に、秋風はむっとして反論する。

「犬だって、その家の者にとっては大切な身内だろう？　大体、君がどこに住んでいるか分からないせいで、依頼したくとも頼めない者が大勢いるのだぞ」

黒豆に情報を集めてもらう中で驚いたのは、藤墨が巷《ちまた》ではかなり有名な陰陽師だったということだ。世俗に疎い秋風は知らなかったが、どうやら彼は元は陰陽寮でも指折りの陰陽師だったらしい。帝の信任も厚い出世頭だったようだが、一方で人間嫌いの変わり者ということでも有名で、数年前に突然宮仕えを辞めてしまったとのことだった。

その後は貴族からの依頼をぽつぽつと引き受けていたようだが、居所も連絡先も不明。依頼も知人を介してしか引き受けず、おまけに高額な報酬を用意しなければならないとあって、困り事があっても諦めている者が大半だった。

そのため、秋風は積極的に依頼を受け、数日おきにふらりと現れる藤墨を連れて依頼者のところに二人で赴くようになっていた。

「折角困っている者を助けられる力があるのだから、役立てない手はないだろう。ほら、呪符はもう書いてあるから行くぞ」

「今からか？　どうせたいした報酬も出ないんだろうに……」

「大根を山盛り三籠《みかご》、下さるそうだ」

「だいこん……」

「後で美味《うま》い風呂吹きをたんと食わせてやるから」

ぼやく藤墨をせき立て、用意してあった牛車《ぎっしゃ》に押し込む。と、そこで道の反対から煌びやかに飾り立てられた牛車がやって来た。

「秋風！」

御簾を上げ、大声で叫んだのは従兄弟の惟清《これきよ》だった。

「なんだ、出かけるところか？　いや、実はまたよい歌ができてな。折角こうして聞かせに来てやったのだから、外出など取りやめるがよい」

間の悪いことに、どうやらまた歌の代筆を頼みに来たらしい。秋風は眉を寄せて詫《わ》びた。

「惟清殿、申し訳ありませんが、大事な用向きでして……。歌の代筆でしたら、また日を改めてはいただけぬでしょうか」

「なんだと……！」

断られるとは思ってもみなかったのだろう。惟清の顔がみるみる憤怒に赤く染まっていく。

「秋風、其方私の頼みを聞けぬと申すか！　私の歌なぞどうでもよいと⁉」

「いえ、決してそのようなことでは……」

答えながらも、秋風は困ってしまった。感情の起伏が激しい惟清は、一度怒り出すと手がつけられないのだ。

「本当に大切な用があるのです」

「ふん、どうであろうな」

鼻を鳴らした惟清が、秋風を睨んで言う。

「聞けば其方、近頃不逞《ふてい》の輩《やから》と共に陰陽師の真似事をして回っているそうではないか。どうせ用というのもそのような、取るに足りぬことであろう」

「……取るに足りぬ？」

その一言だけは見過ごせなくて、秋風は問い返した。

「あなたは人助けを取るに足りぬと仰るのか、惟清殿」

「これは異なことを申すものよ。人より少しばかり字が上手いだけで、なんの力も持っておらぬ其方が、人助けだと？」

「……っ」

痛いところを突かれて、秋風は黙り込んでしまった。確かに自分は呪符を書いているだけで、実際に力を使って人を助けているのは藤墨だ。

俯いた秋風を見て、惟清が得意げに続ける。

「ただ文字を書くだけで人助けした気になっているなど、なるほど哀れよのう。大方その似非《えせ》陰陽師にでも言いくるめられたのだろうが、其方の書にそのような大それた力があるわけがなかろう。其方程度の書家は他にごまんと……」

「ならば貴方はその、他にごまんといるという書家に代筆を頼めばよかろう」

惟清の言葉を遮ったのは、牛車から降りてきた藤墨だった。見目麗しい公達の登場に、惟清がたじろぐ。

「な……、お前は……？」

「貴方の言うところの似非陰陽師、でございますよ。惟清殿と仰ったか。あいにく貴方と違って、私は秋風殿の書でなくてはならぬのです」

扇を広げた藤墨が、口元を隠しつついかにも不快そうに言う。

「私にとって、秋風殿ほど素晴らしい書家はおりません。ですが、貴方にとっては違うということでしたらどうぞ、この場は私にお譲りいただきたい。よいですな？」

「い、いや、私は……」

「おや、なにか不都合でも？」

すっと瞳を眇《すが》めた藤墨が、畳みかける。

「折角よい歌が出来たのでしょう？　ならばご自分の手で想いを込めて綴《つづ》られた方が、お相手の女人も心を動かされるかと存じますが。秋風殿の従兄弟御であれば、惟清殿もさぞや美しい字をお書きになるのでしょうな？」

「く……！」

藤墨の嫌みに悔しげに唇を噛《か》んだ惟清が、バサッと牛車の御簾を下ろす。

「帰るぞ！　早う出せ！」

声を荒らげて下男に命じた惟清の牛車が元来た道を戻って行くのを、秋風は啞然として見送っていた。その隣で、パチンと扇を閉じた藤墨がふんと鼻を鳴らす。

「騒々しい男だ。行くぞ、秋風」

「え……」

「なんだ、犬のところに行くのだろう？」

「あ、ああ」

怪訝そうな顔をした藤墨に続いて牛車に乗り、秋風は従者に行き先を告げた。

動き出した狭い牛車の中、胡座をかいた藤墨がぼやく。

「しかし、秋殿ほどの書家を捕《つか》まえて、あのような物言いとはな。あやつは文字の持つ力というものをまるで理解していないと見える」

「……文字の持つ、力」

「ああ。言っただろう。あんたの書には力がある、と。それをあの男……。ああ、思い出すだけで胸が悪くなる」

閉じた扇で肩を叩きながら眉を寄せて唸る藤墨に、秋風はまだ少し当惑しながら言った。

「……昔はああではなかったのだ。だが、殿上《てんじょう》となられてから、物言いが変わられて……」

「殿上、なあ。あの調子では、どうせ目上の者には媚《こ》びへつらっているのだろう。大海を知らぬ井底の蛙、か」

辟易《へきえき》とした様子で言った藤墨が、そのまま目を閉じる。どうやら一眠りするらしい。

「あ……」

礼を言い損ねた秋風は、開きかけた口を閉じ、藤墨をじっと見つめた。

——頭の中に、つい先ほど言われた言葉が甦る。

『あいにく貴方と違って、私は秋風殿の書でなくてはならぬのです。私にとって、秋風殿ほど素晴らしい書家はおりません』——。

（……あのようなことを言われたのは、初めてだ）

これまで様々な書をしたためてきて、書家としての矜持《きょうじ》も意地もそれなりに持っていた。だが、大成するためにはただ美しい字を書けばいいというものではなく、宮中での立ち回りも重要になってくる。

そういった人付き合いに煩《わずら》わしさを感じる自分は、世間に認められるような書家にはなれないだろうと思っていた。それでも与えられた職務を全うし、その上で己なりに人の役に立てればいい、それで十分だと思っていた。

自分にできることは誰かの恋の歌の代筆をするのがせいぜいだと思っていて――、だから惟清にいいように利用されていることを承知しながらも、はっきりと断れずにいた。

自分の書はその程度のものなのだから仕方ないと、知らぬうちに自分自身でそう見切りをつけてしまっていたのだ――。

（……私の書を貶《おとし》めていたのは、私自身だったのか）

愕然とする秋風だったが、その時、従者が目的地に着いたことを告げる。

「ん、ここか？　……随分寂れた屋敷だな」

目を開け、伸びをした藤墨がさっさと牛車を降りてしまったので、秋風も続く。

屋敷から出てきた下男に訪《おとな》いを告げると、すぐに主人が飛び出してきた。

「ああ、来て下さってありがとうございます。こちらなのですが……」

主人の案内で、早速犬の元に向かう。

庭先の杭《くい》に縄で繋がれた犬は、確かに悪霊に取り憑かれているらしく、目を爛々《らんらん》と光らせ、凶暴に牙《きば》を剝《む》いて唸っていた。

「数日前からずっとこうなのです。普段は大人しいのですが……。なんとか助けてやっていただけませんか」

悲し気に訴える主人に、秋風は頷く。

「もちろんです。我々はそのために来たのですから」

「………」

「さ、頼んだぞ」

ぽんと呪符を渡した秋風に、藤墨がため息混じりに呟く。

「……急急如律令、呪符退魔」

次の瞬間、呪符から放たれた光が犬を包み込み、犬の体から黒い靄のようなものが立ち上る。唸りをやめ、穏やかな表情になった犬を見て、主人が歓声を上げた。

「ああ、よかった……！　ありがとうございます、陰陽師様！」

家人を呼んできますと屋敷の奥に入っていった主人を見送り、秋風は嬉しげに尾を振る犬の前にしゃがみ込んだ。

「よかったな。もうなんともないか？」

アォンッと鳴いた犬が、お礼とばかりに秋風の顔を舐めてくる。くすぐったさにくすくす笑う秋風を見つめて、藤墨が言った。

「秋殿は本当に、動物や童《わらわ》に好かれるな。こやつらにも、己が秋殿に助けられたことが分かるのだろうな」

「なにを言う、助けたのは君だろう。この子だってそれは分かっているはずだ、ほら」

手招きした秋風の隣に、藤墨がしゃがみ込む。秋風は藤墨の手を取ると、尾を振る犬に差し出させた。

ふんふんと藤墨の手の匂いを嗅いだ犬が、すり、とその鼻先を擦りつけてくる。

「な？」

「……秋殿がいるからだろう。俺は今までこういった小さい生き物に好かれたことはない」

ぶっきらぼうに言う藤墨だが、その表情はどこか面映《おもは》ゆそうだ。わしわしと、いかにも仕方なさそうに犬の頭を撫でてやる藤墨を見やって、秋風は頬をゆるませた。

（不平不満を言っていても、結局のところ優しい男だからな）

秋風が勝手に受けた依頼だと蹴《け》ることもできるだろうに、藤墨はいつも報酬が少ないとか、わざわざ俺が出向く依頼ではないとか文句を言いつつも、最後にはきちんと依頼を引き受けてくれる。

根本的に悪い人間ではないのだろうと、そう微笑ましく思っていると、秋風の表情に気づいた藤墨がなんだ、と目線で問うてくる。秋風は改めて礼を口にした。

「ん……、今日は君に礼を言わねばならんことが多いと思ってな。ありがとう、藤墨。この犬のことも、それから惟清殿のことも」

「……俺はただ、あの男の言いようが気にくわなかっただけだ」

面と向かって礼を言われるとは思っていなかったのだろうか。戸惑ったような表情を浮かべた藤墨に、秋風は頭を振って言った。

「それでも、私は助かった。それに、君が私の書を認めてくれたことも、嬉しかった。信頼されているというのは、存外自信に繋がるものなのだな」

知らなかったと笑うと、藤墨は一瞬目を見開いた後、ぐっと眉を寄せて小さく呟く。

「またそういう無防備な顔を……」

「ん？」

「いや。……美味い風呂吹きを食わせてもらう約束だからな」

尤《もっと》もらしくそう言って立ち上がった藤墨が、ため息混じりに零す。

「しかし秋風、あんたは見境なく依頼を引き受けすぎだろう。この犬とて、万が一俺が対処しきれないような、凶悪な怨霊が取り憑いていたらどうするつもりだったのだ」

問われて、秋風はきょとんとしてしまった。

「……考えていなかったな」

「おい……」

「いや、君なら大丈夫だろうと思っていたんだ。君ならきっと、どんなことがあろうと救ってくれるだろうと……」

正直にそう言った秋風に、藤墨は何故か愕然としていた。

「秋風……」

「すまない。私の考えが足りなかった。これからはどのような怨霊か聞いて、君に相談してから引き受けるようにしよう」

　彼は相当強い陰陽師のようだし大丈夫だろうと、ついそう思ってしまっていたが、確かに、いきなりこの怨霊を退治しろと言われても困ることもあるだろう。立ち上がった秋風が素直に謝ると、藤墨がふっと苦笑を浮かべる。

「……いや、このままでいい。考えようによっては、武者修行のようなものだしな」

　今まで通りでもいいと言う藤墨に、秋風は首を傾げる。

「よいのか？」

「ああ。……それより、秋殿には今、親しく文を交わす女人はいるのか？」

「……なんだ、藪から棒に。そのような方はいないが」

　唐突な質問に面食らいながらも秋風はそう答える。

　書道を教えている知人の奥方や姫と歌のやりとりがないわけではないが、いずれも書の練習の一環のようなものだ。

「私のような貧乏貴族に、色めいた話などあるわけがなかろう」

　仏頂面で答えた秋風に、藤墨が笑う。

「そうか、それは重畳《ちょうじょう》。ああいやすまない、秋殿にとってはよくないのかもしれないが、俺にとっては嬉しかったんだ」

「……嬉しい?」

何故自分に恋人がいないと、藤墨が嬉しいのか。当惑する秋風だったが、続く藤墨の言葉はもっと不可解なものだった。

「秋風殿に惚れた」

「………は?」

「好きだ、秋風。俺の妹背《いもせ》になってくれ」

ぽかんとする秋風の手を取って引き寄せた藤墨が、微笑みながら顔を寄せてくる。

長い腕の中に抱き込まれ、自然と藤墨を見上げる形になった秋風の唇に、藤墨のそれが重なった――。

キラキラと輝くつぶらな四つの瞳に手元を覗《のぞ》き込まれて、伊織《いおり》は苦笑を零《こぼ》した。

「梅ちゃん、桜ちゃん、よかったらやってみる？」

「え……っ、い、いいのですか⁉」

小筆を差し出した伊織に、梅が弾んだ声を上げ、傍らの桜と顔を見合わせる。こくりと頷《うなず》いた桜の頬もまた紅潮しているのを見て、伊織は微笑《ほほえ》みを浮かべた。

伊織の兄、伊月《いつき》が前世で薫子《かおるこ》と恋人同士だったことが分かった、翌日のことだった。休日のこの日、伊織は自室でお守りからあの人形の紙を取り出し、呼びかけた。

改めて自己紹介したいんだけど、出てきてくれないかな、と。

戸惑いつつも姿を現してくれた梅と桜に、伊織は昨日のお礼を言った。守ってくれてありがとうと告げた伊織に、梅と桜は驚いていた。

『私たち、伊織様をお守りするためとはいえ、伊月様を見殺しにするような真似をしてしまいましたのに……』

『怒って、ないの？』

おずおずと聞く二人に、伊織は微笑んで頷いた。

『怒ってなんていないよ。あの時はどうしてって思ったけど……、でも、君たちにとって薫子さんは大事な主人だったんでしょう?』

二人の気持ちについては、黒豆からも聞いている。薫子を攻撃できなかったのも当たり前だと思った伊織に、二人が頷く。

『はい。私たちは薫子様がお生まれになった記念にと、お庭に植えられたのです。以来ずっと薫子様の成長を見守り、春をお届けしてきました』

『でも右大臣が都落ちした後、庭は荒れ果てて……。昴《すばる》が朽ちかけていた私たちを式神として顕現させて、救ってくれた』

二人にとって薫子は妹のようなもので、そして昴は命の恩人なのだ。

『……薫子さんも昴くんも、二人にとってすごく大切な人なんだね』

微笑む伊織に、梅と桜がパッと顔を輝かせる。

『はい! 薫子様は私たちのことをとても大事にして下さいました。花が咲かない時期も、庭師に頼んでかかさず手入れをして下さって』

『……昴も、普通なら式神を道具扱いしてもおかしくないのに、いつも私たちの意思を尊重してくれてる。なにより、彼にとって誰よりも大切なあなたの護衛を任せてくれた……』

だからこそ、なにがあっても伊織を守らなければと思ったのだろう。改めて二人の思いが分かって、伊織は頷いた。

『やっぱり、そうだったんだね。それなのに薫子さんとあんな形で再会することになって、二人ともきっとすごく驚いたよね』

二人だって、できるなら兄のことも助けたいと思ってくれていたはずだ。だが、変わり果てた元の主、薫子の姿を見て、ショックを受けなかったわけがない。

怨霊《おんりょう》になりかけているとはいえ、まだ自我のある主を攻撃などできず、どうしていいか分からなかったはずだ。

『薫子さんのことは、昴くんに助ける方法を考えてもらってる。きっとなにかいい方法を考えてくれると思うから、安心してね』

式神というからには、二人は実際には見た目通りの幼い子供ではないのかもしれない。けれど、伊織にはやはり、小さい子が一生懸命自分を守ってくれたとしか思えないのだ。

不安に思っているだろう二人を、安心させてあげたい。そう思って言った伊織に、二人は嬉しそうにはにかんだ。

『伊織様……。伊織様は、やはり秋風《あきかぜ》様の生まれ変わりでいらっしゃるのですね。秋風様も、とてもお優しい方でいらっしゃいました』

『秋風も好きだけど……、伊織も、好き……』

すっかり伊織に懐いた二人は、伊織が普段どんなことをしているのか知りたいと言い、あれこれ質問をしてきた。その中で出てきたのが、伊織が書いているお守りのお札だ。

時々人から頼まれて、お守りの中に入れるお札を書いていると言った伊織に、二人はどんなふうに書くのか見せてほしいと言った。それならと習字道具を広げ、小さな木片に文字を書き入れてみせたのだが、初めて見るお札作りに二人は興味津々だった。

（あんまりにも熱心に見てくるから、ついやってみたらって言ったけど……）

嬉しそうな二人の様子を見て、伊織は顔をほころばせる。こんなに喜んでくれるなら言ってみてよかったと思った伊織だったが、そこで梅が少し顔を曇らせて言う。

「あの、でも伊織様。実は私たち、文字を書いたことがないんですの」

「え？　そうなの？」

聞き返した伊織に、桜も頷く。

「だから、こんなに難しい漢字、書けるかどうか……」

淡々と言う桜の隣で、梅も自信がなさそうにしている。

（そっか。考えてみたら二人は元々は梅と桜の花だったわけだし、それに平安時代は文字を書ける人の方が少なかっただろうからな……）

沈んだ表情の二人を見て、伊織は木片の代わりに半紙を取り出した。文鎮を置いて、大きく『うめ』と書く。

「梅ちゃん、こっちおいで」

墨を乾かしてからその上にもう一枚半紙を置き、伊織は梅に手招きした。幼い頃、よく祖母がしてくれたように梅を自分の膝に乗せ、その小さな手に筆を握らせる。

「まずは自分の名前から書いてみようか。持ち方はこう、ね？」

「は、はい。こうですか？」

「そうそう。それで、こうやって墨汁をつけて……」

梅の手の上から筆を握って、伊織は下にした『うめ』の二文字が透けている半紙に筆先を誘導した。

「下の文字をなぞってね。こうやって筆を入れて、ここはトメ。今度はこうやってすーって。ね、これがハライ」

「わ……！」

書き順と筆の運び方を教えながら『うめ』と書く。書き上がった文字を見て、梅が歓声を上げた。

「見て、桜！　私の名前！」

「……私も……」

うらやましそうに言う桜に、伊織はもちろんと笑い、新しい半紙にお手本を書いた。梅と同じように桜を膝に乗せ、今度は彼女の手を握って『さくら』と書いていく。

「さ……、く……」

声に出しながら真剣な目で一文字ずつ綴《つづ》っていく桜の横で、梅も頑張れと拳を握りしめている。微笑ましいその光景に、伊織は胸の奥がほっこりとあたたかくなるのを感じた。

（よかった。梅ちゃんも桜ちゃんも、嬉しそう）

小さい子に習字を教えるのなんて初めてだが、祖母がどうやっていたか思い出せてよかった。できた、と声を弾ませる桜に、伊織まで嬉しくなってしまう。

（……なんかいいな、こういうの。おばあちゃんも僕に習字を教える時、こんな気持ちだったのかな）

今まで自分は少し習字が得意なだけで他には特に取り柄もない、地味なだけの人間だと思っていた。けれど、生まれて初めて書いた自分の名前を大喜びで見せ合っている二人を見ていると、なんだか誇らしい気持ちになる。

二人がこれで文字を書く喜びを知ってくれたらいいなと思いつつ伊織が微笑んだ、その時だった。

「伊織、ちょっといいか」

ドアの外から、昴が声をかけてくる。どうぞ、と伊織が答えると、廊下から昴が黒豆と共に入ってきた。

「ん？　梅たちと習字してたのか」

「うん。名前の書き方を教えてあげたんだ」

頷いた伊織の膝からおりた桜が、梅と共に昴に駆け寄り、自分の名前を書いた半紙を掲げて見せる。

「伊織様に教えていただいたんです。上手に書けていますでしょう?」

「ああ、初めてにしちゃ上出来だ。よかったな、梅、桜」

やわらかく目を細めた昴が、くしゃくしゃと二人の頭を撫《な》でる。嬉しそうに、くすぐったそうに笑う二人を見つめる昴の横顔に、伊織は思わず顔をほころばせていた。

(……昴くん、梅ちゃんと桜ちゃんのこと、本当に大事にしているんだな)

先ほど桜が言っていたことから推測すると、彼らの時代の陰陽師は普通、式神のことをただのモノ扱いしていたのだろう。しかし、二人に向ける優しい視線は、まるで妹か娘に対するもののようだ。

(なんか、そういうところは結構す……)

そこまで思いかけたところで伊織は我に返り、ぶんっと頭を振った。

(い……、いや、なに考えてるんだ、僕。いくら中身が前世のままで大人でも、今の昴くんは小学生で……)

「伊織」

と、その時、昴がこちらに歩み寄ってくる。伊織は慌てて平静を装って答えた。

「う、うん、なに?」

「いや、礼を言いたくてな。ありがとな、伊織。俺も前々から梅と桜にはなにか手習いをさせてやりたかったんだが、なかなか手が回らなくてな」

左右にくっついてくる梅と桜の頭をもう一度撫でてやって、昴が言う。

「二人がこんなに嬉しそうにしてるのは久しぶりだ。よかったらまた教えてやってくれ」

「うん、もちろん」

伊織が頷くと、梅と桜はきゃあっと歓声を上げて顔を見合わせ合った。

「きっとですよ、伊織様。では、私たちはこれで」

「今度は漢字も教えてね、伊織」

くすくすと、春の空に散る花びらのような笑い声を響かせた二人が、大事そうに名前を書いた半紙を折り畳み、懐にしまい込む。ふわりと宙に浮いた二人は、くるりと一回転するなりその姿を元の紙人形に変化させた。

床に落ちた紙人形を拾い上げた昴が、それを伊織のお守りにしまい直しながら言う。

「それにしても、やっぱりいいな。あんたから墨の匂いがするのは」

「あ、昴くんも墨の匂い好き？　いい匂いだよね。落ち着くっていうか」

今日は二人に教えるために墨汁を使ったが、時間がある時やきちんとした守り札を書く時には固形の墨をすっている。ゆっくり墨をする時間も好きなのだと笑った伊織に、昴は苦笑気味に頷いてお守りを渡してきた。

「まあな。……ちょうどいい。墨と筆の用意があるなら、ちょっとこれと同じもんを書いてみ

てくれないか」

そう言った昴が、ポケットから畳んだ和紙を取り出して伊織の前に座り込む。下敷きの上に広げた和紙を置いた昴に、黒豆が咎《とが》めるような声を上げた。

「昴、あなた、伊織様にいきなりそんなこと……」

「いずれやらなきゃならんことだろ。……伊織、この方陣なんだが」

書いてみてくれと流されて、伊織は戸惑いつつも和紙に描かれたその方陣を見つめ、新しく用意した半紙に筆を走らせた。

「こうで……、こう、かな」

示された方陣はごくシンプルな線でできていたため、あっという間に書き終えてしまう。手本と見比べつつ、半紙にそれを書き写した伊織だったが、最後の点を書き加えた途端、驚いたことにその方陣がかすかに光った。

「え……」

「……やっぱりな」

じっと伊織の手元を見つめていた昴が、確信を得たように呟《つぶや》く。

「やっぱりって？」

戸惑う伊織に、昴は書き上がった方陣を手に取って答えた。

「伊織、あんたの書には力がある。秋風と同じようにな」

「力って……」

「見てろ」

短く言った昴が、伊織が方陣を書いた半紙を折り畳み、自分の手に乗せる。

「急急如律令《きゅうきゅうにょりつりょう》、呪符《じゅふ》火炎」

軽く目を閉じた昴が呟くと、半紙が瞬く間に燃え上がり、昴の手のひらに小さな火の玉が浮かび上がる。

「……っ」

「陰陽《おんよう》の術を使うには、呪符が必要だ。力の強い方陣が書かれた呪符なら、より簡単に術を使うことができる。……今伊織が書いたこの方陣は、炎を生じさせるためのもんだ」

そう言った昴が、手で握るようにしてその炎を消す。

「っ、昴くん、火傷《やけど》……！」

「大丈夫だ。陰陽師の使う炎が、術者を傷つけることはない。怨霊にはてきめんの効果があるがな」

ほら、と開いてみせた昴の手は確かに綺麗《きれい》なままで、火傷の痕などはなかった。ほっとした伊織に苦笑を零し、昴が言う。

「試すような真似をして悪かった。……実は昨日のことで、一つ相談があってな」

「あ……、うん。薫子さんのこと、だよね。なにかいい方法、思いついた？」

尋ねた伊織に答えたのは、黒豆だった。

「いい方法と申しますか……、それしか方法はないのです」

「ああ。……薫子を成仏させる」

領いた昴が、まっすぐ伊織を見つめて言う。真剣な眼差しに、伊織はこくりと喉《のど》を鳴らして呟いた。

「成仏……」

「ああ。薫子を怨霊にさせないためには、願いを叶《かな》えて成仏させるしかない。成仏すれば、魂は浄化され、また輪廻の輪が巡り出す。そうすれば、彼女は生まれ変わることができる」

昴の説明の続きを、黒豆が引き取る。

「薫子様の願いは、春風《はるかぜ》様に再び逢うことです。……ですが、当然ながら、伊月様は春風様の記憶を失っておられます」

「……うん」

伊織も兄から前世のことを覚えているというような話は聞いたことがないし、普通はそうだろう。頷いた伊織をじっと見つめて、昴が告げる。

「今の伊月に再会したところで、薫子は成仏できない。実際、昨日再会してるが成仏できなかったしな。つまり薫子を成仏させるためには、伊月に春風の記憶を思い出させた上で、薫子と引き合わせてやらなきゃならないってことだ」

「思い出させるって……」

驚いて、伊織は目を瞠《みは》った。

「まさか、兄さんに薫子さんや前世のことを話して、思い出してもらうの？」

今の昴の話ではそうとしか考えられないが、そんなことが本当に可能なのだろうか。

伊織自身も前世が秋風という人物だったと聞いてはいるが、実際に彼の記憶は思い出せていない。しかも、兄は伊織と違って霊を視ることはできないのだ。

話したところで信じてもらえるかどうか、と思った伊織だったが、そこで昴が頭を振る。

「いや、ただ話しただけで思い出させることは不可能だろう。だから、呪符を使う。だが、埋もれている記憶を引き出し、薫子の姿が見えるようにするには、強力な呪符が必要になる。思いの籠もった、力の強い呪符がな」

「力の強い呪符って……、……あの、もしかしてそれを僕に……？」

先ほど書いた方陣を思い出して、伊織はおそるおそる聞いた。

まさか昴はその呪符を自分に書かせるため、試しに先ほどの方陣を書かせたのだろうか。

と、その考えは当たっていたらしい。黒豆が頷いて言う。

「私としては、そのようなことをして伊織様や伊月様になにか悪影響があったらと思うと心配なのですが……、今のところ、薫子様をお救いするにはそれしか方法がないのです」

「ま……、待って、黒豆。そもそもそんな強力な呪符なんて、僕が書けるとは思えないよ」

　今まで守り札を書いたりすることはあったけれど、自分の書いたお守りが効くなんて本当に偶然に過ぎない。前世の秋風は呪符を書いていたということだったが、自分にそんな大それた力があるとは到底思えない。焦った伊織だったが、そこで昴がきっぱりと言う。

「いや、伊織ならできる。むしろこれは、伊織じゃなきゃできないことだ」

「僕じゃなきゃって……」

　なんでそこまでと戸惑う伊織に、昴はふっと笑って言った。

「なんせ伊織には、二人を助けてやりたいっていう強い気持ちがあるからな。薫子を助けてやりたい、春風の想いを成就させてやりたいって一番強く思ってるのは伊織、あんただ」

「それは……、でも、いくらそう思っていたって、僕にそんな強い呪符を書く力は……」

　昴の言葉に目を伏せて、伊織は言い淀《よど》んだ。

　確かに自分は二人を助けたいと、心からそう思っている。

　自分にできることならなんでもしたい。でも、昴の言うような、強力な呪符を書く特別な力が自分にあるとは思えない。

「伊織様……」

　俯《うつむ》いた伊織に、黒豆が沈んだ声を発する。しかしその時、机越しに身を乗り出してきた昴が伊織の肩を摑《つか》んできた。

「……っ、昴くん？」

驚いて顔を上げた伊織に、昴はニッと笑って言った。

「伊織ならできる。少なくとも、俺はそう信じてるぜ」

すり立ての墨のように涼やかな瞳が、強く伊織を見据える。吸い込まれそうなその鮮やかな黒に、伊織は思わず見とれてしまった。

昴が続ける。

「伊織の書には力がある。それは紛れもなく、伊織自身の力だ」

「僕自身の……？」

「ああ。いくら前世でそういう力があったからといって、なんとなくでその力が使えるわけがない。伊織の書に力があるのは、今まであんたが守り札を書く時に相手のことを心底思いやって、守護を授けたいと一文字一文字に願いを込めて来たからだ」

そうだろう、とやわらかく微笑みかけられて、伊織はおずおずと頷いた。

「それは……、頼まれた以上は、心を込めて書くようにしていたけど……」

「その積み重ねがあったから、伊織の書には力が宿っているんだ。確かに、強力な呪符を書くとなればそれなりに練習は必要になる。だが、伊織なら必ず、薫子を救う呪符を書ける」

まっすぐ伊織を見つめた昴が、もう一度繰り返す。

「薫子を成仏させるためには、どうしても呪符の力が必要だ。伊織なら、その呪符を必ず書ける。俺はそう信じてる」

力強い声できっぱりと言われて、伊織はじんと胸が熱くなった。

（……そんなこと誰かに言われたの、初めてだ）

ずっと優秀な兄の背を追いかけてきて、自分にできることなんてそうないと思っていた。兄のようになんでもうまくできない自分にもどかしさを感じることも多くて、兄の優秀さを知っている周囲から寄せられる期待に応えられないことに罪悪感を覚えたりもして。

それでも自分は自分だからと、そう思うようにしてきたし、自分がなにもできないとまで卑屈なことは思わないようにしてきた。

けれど、人から言葉にして信じていると言ってもらえることが、こんなに嬉しいとは思ってもみなかった──。

（……応えたい、な）

本当に自分にそんな強力な呪符が書けるのか、まだ不安はある。失敗したらどうなるのだろうと考えると、やはり怖い。

けれど、自分を信じてくれる昴の気持ちに、少しでも応えたい。

彼の信頼を、裏切りたくない。

「……ありがとう、昴くん。信じてくれて」

頬を紅潮させてお礼を言った伊織に、昴が微笑む。

「いや。俺は思ったままを言っただけだ。あんたのそんな顔が見れて、こっちこそ礼を言いたいくらいだ」

蕩《とろ》けそうな甘さを乗せた視線に、気恥ずかしさを感じた伊織だったが、そこで二人の間に座った黒豆が咳払《せきばら》いをする。

「えー、こほん、話はまだ終わってませんよ。……問題は、前世の記憶を呼び覚ますということは、伊月様が本来知るはずのなかったことを思い出させてしまう、ということです」

「あ……」

黒豆の指摘に、伊織は俯いた。

(そうか……。兄さんが前世の記憶を取り戻したら、薫子さんは成仏できるかもしれない。けど、そうしたら兄さんは……?)

昴の話では、二人は前世で深く愛し合っていたということだった。そんな恋人のことを思い出したら、兄はきっと深く悲しむだろうし、今後の人生にも影響があるかもしれない。

(……でも、黒豆はさっき、薫子さんを救う手だてはそれしかないって言った……)

薫子の望みは、春風と再会することだ。その望みを叶えてあげられれば、きっと彼女は成仏し、生まれ変わることができるだろう。

薫子のことは助けたい。だが、そのために兄を巻き込んでいいのだろうか。

そんな重大なことを、自分が決断していいのだろうか——……。

黙り込んだ伊織に、昴が声をかけてくる。

「記憶を奪う呪符ってのも過去にはあったが、陰陽寮でも禁書扱いでな。俺はその方陣を知らないから、春風の記憶を戻した後、またその記憶を奪うってこともできない」

つまり、伊月に前世の記憶を呼び戻すことはできても、その記憶を消すことはできない。後戻りはできないということだ。

逡巡《しゅんじゅん》する伊織を気遣うように見つめて、昴が続ける。

「……すぐには決められないだろうから、少し考えてくれ。けど、そう悠長にはしてられない。薫子はきっとまた、伊月に会いにくるだろうからな。それまでに呪符を完成させておかねぇと、伊月が危ない。そうなればもう、俺は薫子と戦う他ない」

「……うん」

頷いて、伊織は顔を上げた。

「分かった。ありがとう、昴くん。黒豆も」

手を伸ばして頭を撫でる伊織に、黒豆が心配そうに言う。

「伊織様……。事情を知ってしまったから見過ごせないとお考えかもしれませんが、そもそも怨霊は日々どこかで生まれているものです。ここで縁が断ち切れたとしても、それは薫子様の運命。どうぞお気に病まず、伊織様にとってよりよいご選択をなさって下さい」

「黒豆……。うん、分かった」

元の主人である薫子を助けたいだろうに、伊織のことを思いやってそう言ってくれる黒豆に、ありがとう、ともう一度言って、伊織はその喉を掻《か》いてやった。

「……一応、これがその呪符に使う方陣だ」

そう言った昴が、折り畳んだ和紙を差し出してくる。

「どうするかは、あんたに任せる。気持ちが固まったら教えてくれ」

「……うん」

頷いて、伊織は差し出された和紙を受け取った。

部屋に漂う墨の匂いが、いつもよりやけに鮮明で――、伊織は胸一杯に、その香りを吸い込んだのだった。


その晩、夕食と入浴を終えた伊織は、居間でテレビを見ている四人に勉強するからと言い、早めに自室に引き上げた。しかし。

「――……」

机に向かって問題集を広げても、まるで設問が頭に入ってこない。伊織はふうとため息をつくと、問題集を閉じて机に突っ伏した。

集中できないのは、昼間昴と黒豆から言われた話が頭の中で渦巻いているからだ。

（薫子さんを助けるためには、兄さんに記憶を取り戻してもらう他ない……。でも、記憶を取り戻したらきっと、兄さんは苦しむ……）

相手が兄でなければ、これほど悩むことはなかったかもしれない。ずっと苦しんできた姫を助けるためだし、春風の記憶を取り戻せばきっと相手だって納得してくれるだろうと、割り切ることもできただろう。

けれど、その春風の生まれ変わりの兄がどれだけ優しい人なのか知っているから、躊躇《ちゅうちょ》してしまう。

（だって、たとえ薫子さんのことを思い出しても、二人は結ばれるわけじゃない。薫子さんはそのまま成仏して、どこかで生まれ変わってしまうし……、兄さんはその記憶を持ったまま、生きてかなきゃいけなくなる）

それだけではない。

もし自分の力が及ばず、呪符の力が弱いせいで兄の記憶が戻らず、薫子が成仏できなかったとしたら。

そんなことになれば、きっと薫子はそのまま怨霊になってしまうだろう。そうなれば、兄を危険に晒《さら》すことになる。

自分のせいで、兄の身になにかあったら。

万が一そんなことになったら、自分はどうすればいいのだろう——……。

「……はあ」

深くため息をついて、伊織はチラッと机の上の置き時計を見た。デジタルのそれは九時を少し過ぎた時間を表示している。

（……気分転換にコンビニにでも行ってこようかな）

最寄りのコンビニは徒歩十分程度のところにある。出歩くには遅いが、予備校の帰りはこれくらいの時間になることもあるし、それに少し外の空気を吸って頭をすっきりさせたい。

伊織はスウェットの上にパーカーを羽織ると、財布と携帯だけを持って部屋を出た。玄関で靴を履いていると、リビングから出てきた伊月が声をかけてくる。

「あれ、伊織。こんな時間にどこ行くの？」

「気分転換に、コンビニ。……ちょっと煮詰まっちゃって」

「それならもう遅いし、おれも一緒に……」

「い、いいよ。一人で大丈夫」

悩みの原因である伊月が付いてきたのでは、気分転換にならない。伊織は慌てて断ると、行ってきますと玄関を出た。

四月とはいえ、夜風はまだ少し冷たい。伊織はパーカーのポケットに手を突っ込むと、ゆっくり歩きながら夜空を見上げた。

「………」

濃紺の空には、下弦の半月と無数の星が浮かんでいる。吹き抜ける風に笹と竹が擦れ合う音を聞きながら、遠い夜空に瞬く星を見つめて、伊織は知らずため息をついていた。

何百、何千光年と離れている星々の中には、当然平安時代からある星も数多く存在している。ひょっとすると、今自分が見ている星の瞬きは、自分と昴の前世が生きていた頃の輝きかもしれない――。

(そういえば、月を詠んだ有名な和歌があったよな。百人一首に入ってた……)

「月みれば、千々にものこそかなしけれ……」

記憶を辿《たど》りつつ口ずさんでみる。しかし、どうも下の句が出てこない。

「なんだっけ……、確か秋がどうとか……」

しばらく唸《うな》ってみるけれど思い出せず、伊織は肩を落とした。

(……帰ったら勉強し直さないと)

この職業に就きたいという、はっきりとした目標があるわけではない伊織は、成績に合わせて大学を選ぶつもりでいる。今の成績なら地元の国公立大学に進むことができそうだが、油断は禁物だ。

(浪人とかしないで、なるべく潰《つぶ》しの利く学部を狙わないと……)

本音を言えば、そんな理由で進路を選んでいいのか、迷いはある。

本来の勉強とは、こうなりたいという夢を叶えるためのものではないのか。これを学びたいという強い気持ちがあるわけでもないのに、本当にこのまま進学していいのか。けれど、そんなことを悩んでいる暇はない。勉強しなければ、あっという間に受験戦争に負けてしまうのだ。

（……なりたい職業ができた時のためにも、今勉強しないといけないんだから）

進路指導の先生や両親からも言われた言葉を思い返して、伊織は俯いた。

その言葉は正しいとは思う。けれどどうしても、確固たる目標を持っていない自分のことを情けないと思わずにはいられない。

家を継ぐと決めて神道を学んでいる兄のように、自分も将来の夢を持ちたいのに――。

伊織が唇を噛《か》んだ、その時だった。

「……っ」

ひた、と足首になにか、冷たいものが触れる気配がする。

驚いた伊織は自分の足元を見て大きく息を呑み、慌てて後ろを振り返って叫んだ。

「っ、な……っ、なんで……！」

夜道を進んでいた伊織の背後には髪の長い女の霊がいて――、その髪が、伊織の足首に巻き付いていたのだ。

――アア……、ハルカゼサマ……。

霊の声が伊織の頭の中にぐわんと響いた途端、ふわりと甘い花の香りが漂う。

「……っ、白菊《しらぎく》……！」

思わずその名を口にした途端、白菊がニタア、と笑みを浮かべる。

――ヨウヤク、ワラワヲオモイダシテクダサッタカ……！

（いけない……！）

口を滑らせたことに気づいて、伊織は咄嗟に駆け出そうとした。しかしその瞬間、ぐっと足首の縛《いまし》めが強くなり、伊織は反動でその場に倒れ込んでいた。

「あ……っ！　う、く……！」

――ドコへ、イキナサル……！

クク、ククク、と笑みを深めた白菊が、倒れ伏した伊織を自分の方へずるずる引き寄せる。

伊織は必死にアスファルトに爪を立て、抗《あらが》おうとした。

（なんでここに……っ、それになんで、僕に触れるんだ……⁉）

この一帯は昴が浄化してくれたのではなかったのか。

白菊の力が増していたのは、一時的なものではなかったのか。

一気に疑問が溢《あふ》れてきて、けれどそれ以上に恐怖で頭がいっぱいで。

「だ……、誰か……！」

震える声で助けを求めようとして、梅と桜が仕舞われている祖母のお守りを部屋に置いてきたことに気づく。

梅と桜が顕現しなければ、伊織が窮地に陥っていることを昴も悟れない。

今自分を守ってくれる者は、誰もいない――……。

「……っ、や……っ、嫌だ……っ、嫌だ……！」

顔を青ざめさせ、死にものぐるいで地面にしがみつこうとする伊織だが、元より掴むところなどない。指先から血を滲《にじ》ませながらガリガリとアスファルトを引っ掻く伊織をずるずると自分の方に引き寄せ、白菊が高笑いを響かせる。

――アア、ヨウヤク……！　ヨウヤクアナタヲ、クラウコトガデキル……！

（喰らうって……）

その言葉に、昴が言っていたことを思い出す。

怨霊は、恨みつらみを抱く者に取《と》り憑《つ》き、その魂を喰らおうとする。

怨霊に喰らわれ、穢《けが》れた者の魂は、二度と救われることはない――……。

「っ、離せ！　離せってば！」

このままでは白菊に喰らわれ、消滅してしまう。最悪の事態が迫っていることを察して、伊織は夢中で叫んだ。

「春風じゃない！　僕は……、僕は、秋風だ……！」

――ナ……⁉

その一言に、白菊が驚いたように身を反らす。足首に巻き付く髪が緩んだ一瞬の隙《すき》を突いて、伊織は必死に身を起こして逃げ出そうとした。けれど、恐怖に強《こわ》ばった足では数歩も進めず、がくんと前につんのめってしまう。

ドッと再び地面に転んでしまった伊織のポケットから財布が飛び出し、辺りに硬貨やレシートが散らばる。真っ白なレシートの裏を見た伊織は、咄嗟にそれを摑んでいた。

どうにか、――どうにかしなくては――！

自分の力で、身を守らなくては。

「……っ、急急如律令……！」

昼間書いた陣を必死に思い出し、血の滲む指先をレシートの裏に走らせる。

「呪符、火炎！」

命じた途端、小さな陣が輝き、ボッと炎が生じる。慌ててレシートを地に放った伊織だったが、炎はあっという間に大きくなり、伊織と白菊の間に壁を作った。

――ク……ッ、オノレ……！

袖で口元を押さえた白菊が、炎越しにギッとこちらを睨《にら》みつけてくる。どうやら彼女にとってこの炎は無視できないものらしい。

(今のうちに……！)

ほっとしつつ、この隙に逃げなければと伊織がもう一度立ち上がろうとした、――その時だった。

「……いくら力を与えたところで、この程度か」

突如その場に、低い男の声が響く。伊織は声がした上空を仰ぎ見て、驚いた。

「え……」

そこには一人の男が——、否、男の霊が、浮かんでいたのだ。

白い半月を背にした男は、煤《すす》けたような深紫《こきむらさき》の束帯《そくたい》姿で、冠から零れる乱れ髪は真っ白だった。土気色の顔は頬骨が突き出るほど痩《や》せこけており、その瞳は血走り、濁っている。

身に纏《まと》う黒い靄《もや》状の瘴気《しょうき》は白菊のそれよりも更に禍々《まがまが》しく、見るからに凶悪そうだ。

どこか辿々しい喋り方の白菊とは違い、しっかりと響く太い声。

おそらく彼は白菊よりも強い、怨霊——。

「……っ」

ぎょろりと瞳を蠢《うごめ》かせたその怨霊と視線が合った途端、ぐらりと強い眩暈《めまい》を覚えて、伊織は一歩後ずさった。

(な、んだ、これ……)

まるで胃を直接握りしめられているみたいに重苦しい不快感が込み上げてきて、暑くもないのにドッと汗が吹き出てくる。

理由は分からないけれど、あの怨霊は危険だと本能が告げている。闇雲な焦燥感と恐怖感に今すぐ逃げ出さなくてはと思うのに、足が、手が、鉛のように重くて——。

それだけこの怨霊が凶悪ということだろうか。

（もしかして、これが穢れ……？）

しかし、これだけ距離が離れているのに穢れを受けるなんてこと、あるのだろうか。それだけこの怨霊が凶悪ということだろうか。

極度の緊張に襲われ、唇を引き結んだ伊織から視線を外すことなく、男が白菊に命じる。

「消えよ、女」

その瞬間、白菊の姿は黒い靄となってフッと掻き消えた。

驚きに息を呑んだ伊織に、男が憎々しげに顔を歪《ゆが》めて呟く。

「秋風、貴様……」

「……っ、誰……？」

格好も平安時代の貴族のもののようだし、秋風と呼ぶからには、伊織の前世を知っているのだろう。しかし伊織には、彼が誰だか見当もつかない。

必死に恐怖を堪え、震える声で問いかけた伊織に、男が軽く目を瞠る。

「……しぶとく記憶を残しておるのかと思うたが、そうではないのか。だが、前世の罪業は其方の罪業……！」

ふわりと地面に降り立った男が、軽く片手を薙《な》ぎ払う。すると、まるで蠟燭《ろうそく》の火を吹き消すかのように、伊織の前で燃えていた炎が消えてしまった。

「……っ」

「其方の罪、その命で贖《あがな》ってもらおう……！」

濁った瞳をぎょろりと蠢かせた男が、そう言うなり、伊織に手を伸ばしてくる。

枯れ木のような手が伊織に触れかけた、次の瞬間。

「伊織！」

男の背後から、足音と共に叫び声が飛んでくる。男の肩越しに見えたその姿に、伊織は叫び返した。

「昴くん……！」

「急急如律令、呪符退魔！」

素早く命じた昴が、男に向かって札を放つ。しかし、札が男に届くその刹那《せつな》、男はぐるりと人間ではあり得ない動きで後方を振り返り、怨嗟《えんさ》の声を轟《とどろ》かせた。

「陰陽師……！」

カッと目を見開いた男の前で、昴の呪符が砕けるように破れ落ちる。

「な……っ」

昴が驚いた、その一瞬の隙を突いて、怨霊は一気に昴に襲いかかった。

「……っ！」

鋭い刃となった風が昴の手足を切り裂き、ピッと幾つもの赤い筋が走る。思わずたじろいだ昴の細い首に、怨霊が勢いよく手を伸ばした。ほとんど骨と皮だけの手が昴の喉元を捕らえ、締め上げる。

「ぐ……！」

「昴くん!?」

苦しげに呻《うめ》く昴に、伊織は慌てて駆け寄ろうとした。しかし。

「来る、な……っ、伊織……！」

瞳を眇《すが》めた昴が、必死に伊織を制止する。

「来るんじゃ、ねえ……っ！　あんたが、穢れる……！」

「でも……！」

確かに、先ほど込み上げてきた不快感は今や大きく膨れ上がって堪えるのがやっとだし、この怨霊は伊織が太刀打ちできるような相手ではないことは、先ほどから肌で感じている。しかし、だからと言って昴を見捨てることなんてできない。

「……っ」

くっと唇を噛み、伊織は怨霊に飛びかかろうとした。――しかし。

「邪魔をするな……！」

ギラ、と振り返りざまに瞳を光らせた怨霊が、ぶわりとその瘴気を膨れ上がらせる。弾《はじ》き飛ばされた伊織は、地面に強《したた》かに身を打ち付けた。

「痛……っ！」

「伊織！　っ、く……！」

目を瞠った昴が、自分の首を摑む怨霊の手をなんとか引き剝《は》がそうとがむしゃらにもがく。

しかし、怨霊はますます猛々《たけだけ》しく吠《ほ》え狂った。

「貴様……！　貴様のせいで、私がどれほどの辛酸を味わったことか……！」

憎々しげに声を荒らげながら、怨霊が昴の首を摑んだ手に力を込める。

「ぐ、う、あ……っ！」

「昴くん！」

苦しげに呻く昴に、伊織が無我夢中で身を起こし、もう一度駆け寄ろうとした、――その時だった。

「……っ！」

辺りが突如、真っ白な光に包まれる。

眩《まぶ》しさに目を瞑った伊織は、混乱しながらも薄目を開けて驚いた。

「え……」

昴に覆い被さる怨霊に、髪の長い少女が飛びついていたのだ。薄桃色の美しい十二単《じゅうにひとえ》を身にまとったその少女は、必死に昴から怨霊を引き剝がそうとしている様子で――。

「薫子、さん……？」

彼女の名を呼んだ伊織の前で、怨霊が悔しげに顔を歪める。

「この……っ、邪魔をするな、女……！」

しかし薫子は暴れる怨霊の袖を握りしめ、振り払われまいと懸命にしがみつく。煩《わずら》わしげに薫子を睨み据えた怨霊の手がゆるんだその一瞬を、昴は見逃さなかった。

「……っ、急急如律令……！」

「く……！」

バッと怨霊から身を離し、苦しげな声で命じながら札を取り出そうとした昴に、怨霊が顔を歪めて上空へと舞い戻る。

「この決着、一度預ける……！　だが其方らの命は、この惟清《これきよ》がもらい受ける！　必ずな……！」

ギッと濁った瞳で昴を、そして伊織を睨んだ怨霊は、そのまま黒い靄となって夜空に溶けて消えた。

「くそ……っ！」

がくりと地面に膝を着いた昴のすぐそばで、薫子の姿もスウッと闇に消える。伊織は慌てて昴に駆け寄り、地面に転がっていた自分の携帯を拾い上げた。

「昴くん！　待って、今救急車を……！」

「……必要ない」

「でも！」

「大丈夫だ……！」

頑《かたく》なな声で拒んだ昴が、すぐにハッと我に返り、謝ってくる。

「……悪かった、伊織。けど本当に、大丈夫だ」

幾枚かの黒い人形の紙を取り出した昴が、六根清浄、と呟く。すると、ふわりと宙に浮き上がった人形の紙が、次々に昴と伊織の体にまとわりつき、穢れを祓っていった。

昴の手足にできた小さな切り傷も塞《ふさ》がっていくのを見て、伊織はほっと胸を撫で下ろす。

「よかった……」

「……よくは、ないだろ」

しかし、伊織の言葉を聞いた昴は、頑なな表情のまま言う。

「あんたは俺が守るって言ったのに、このザマだ。結局、薫子に助けられた」

「昴くん……」

「火炎の術を使ったんだろう？　近くで術の発動を感じて、伊織が家にいないことに気づいた。それで、まさかと思って慌てて追いかけてきたんだ」

は……、と大きく肩で息をついた昴が、役目を終えた人形の黒い紙をしまいながら唸る。

「……情けないったらねぇな。前世の俺なら、あんな強力な怨霊が現れればすぐに気づくことができたはずだ。元の俺なら、きっと伊織をこんな危険な目に遭わせることはなかった……」

悔しそうに顔を歪める昴に、伊織は懸命に言い募った。

「そんなこと……！　昴くんが来てくれなかったら、僕はどうなってたか分からない。確かに薫子さんには助けられたけど、でもあの怨霊を追い払ったのは昴くんなんだから……」

昴は自分を助けてくれたのだから、気に病むことなんてなにもない。そう言った伊織だったが、昴は表情を歪めて頭を振る。

「……だが、伊織を危険に晒したのは俺の力が弱かったせいだ。怨霊ごときに術を破られたのは、俺がこんな姿だからだ」

ぐっと両の拳を握りしめた昴が、堪えきれない自分への怒りを爆発させる。

「俺が転生に手間取らなけりゃ、あと十年早く生まれてたなら、もっとちゃんと伊織を守れたはずなんだ。俺が……っ、俺がこんな姿でさえなけりゃ……！」

「昴くん……」

初めて目の当たりにした彼の葛藤《かっとう》に、伊織は言葉を失ってしまった。

昴はいつだって、伊織の前では見た目の年齢にそぐわない余裕を見せていた。

伊織のことを守ると言い、実際に何度も伊織を助けてくれた彼はとても頼もしくて――、けれど本当は子供の姿である己に、ずっと葛藤を覚えていたのだ。

以前のように思うままに力を操れない己に、もどかしさを感じていたのだ――。

「……それでも、あの怨霊から僕を守ってくれたのは、やっぱり昴くんだよ」

俯いてしまった昴をどうにか元気づけたくて、伊織は昴にお礼を言った。

「来てくれてありがとう、昴くん。助けてくれて、本当に感謝してる」

「……やめてくれ」

伊織の言葉に、しかし昴は眉間をきつく寄せて首を横に振った。

「伊織に……、あんたに礼を言われるようなことじゃない」

「昴くん、でも……っ」

「これは俺の誓いなんだ！」

伊織を遮り、昴が叫ぶ。思わず息を呑んだ伊織に悪いと謝って、昴は続けた。

「……さっきの怨霊は、惟清。秋風の従兄弟で……、秋風を呪《のろ》い殺した男だ」

「え……」

思いも寄らない一言に目を見開いた伊織を見つめ、昴が苦しげな表情で告げる。

「俺は惟清からあんたを守るために……、秋風の仇を討つために転生したんだ……！」

「……っ」

吹き抜ける風に、笹がサァアッと揺れる。

茫然《ぼうぜん》と昴を見つめる伊織を、夜空に浮かんだ半月が静かに照らしていた――。

——数日後。

夕食が並ぶ食卓を家族で囲みながら、伊織はつけっぱなしのテレビをぼんやりと見ていた。今日一日のニュースを読み上げ終えたアナウンサーが、にこやかに続ける。

『続いてはお天気です。今夜夜半から明日の朝にかけて、広い範囲で雨となり……』

「あら、雨ですって。やあねぇ、明日はお洗濯もの外に干せないかしら」

「ああでも、朝には上がるみたいだよ、ほら」

ぼやく母に、兄が口を挟む。伊織はテレビから視線を外すと、黙々と箸《はし》を動かしながら思いを巡らせた。

(……昴くんは、あの怨霊から僕を守るために転生してきた……。秋風さんを呪い殺した、惟清の怨霊を倒すために……)

あの時惟清は、前世の罪業は其方の罪業と言って襲いかかってきた。あれほど強い怨念を持った怨霊となるからには、彼はよほど深く秋風のことを恨んでいるのだろう。

(僕の前世で、一体なにがあったんだろう。秋風さんは惟清になにをしたんだろう)

気になるのは秋風のことだけではない。惟清は、昴のことも同様に恨んでいる様子だった。

『其方らの命は、この惟清がもらい受ける！　必ずな……！』

去り際にそう言い放った惟清は、ギラギラとした目でこちらを睨んでいた。

惟清は自分だけでなく、昴の命も狙っているのではないだろうか——……。

「……」

チラ、と視線を上げて、伊織は斜向《はすむ》かいに座っている昴を見やった。いつも夕飯の時には楽しそうに兄や両親と会話している昴だが、ここ数日は難しい顔をして黙り込んでいる。

様子が違うことが気になったのだろう、伊月が心配そうに昴に声をかけた。

「……昴くん、どうしたの？　最近あんまり元気ないみたいだけど、今日は特に顔色が悪いね。体調でも悪い？」

「え……、あ……」

問われて顔を上げた昴が、一同の注目を集めていることに気づき、うろうろと視線を泳がせながら答える。

「う……、うん、ちょっとその、風邪ぎみっぽくて……」

「あら、大変！　今の時間だと、診てくれる病院は……」

慌てて立ち上がろうとする母に、昴が言う。

「大丈夫。少し頭痛いだけだから、早めに寝れば治ると思う。洗面所にあった風邪薬、もらってもいい？」

「もちろんいいけど……、本当に大丈夫？」

「うん、平気。晩ご飯、残しちゃってごめんなさい」

気遣う母に謝りつつ、昴が席を立つ。ちら、とこちらを見て、昴が口を開いた。

「伊織お兄ちゃん、あの……」

「……ごちそうさま」

咄嗟にイスを引いて立ち上がり、伊織は昴を遮った。

「勉強する。お風呂、後で入るから」

「はいはい、じゃあ寝る時に給湯器、切っておいてね。……あら」

母が伊織に声をかけたところで、家の電話が鳴る。ちょうど近くにいた昴が、僕が、と受話器を取った。

「はい、もしもし。……あれ、父さん？　うん、僕だよ」

どうやら昴の父からの電話らしい。話し始めた昴から逃げるようにして、伊織は自室へと引き上げた。

パタンと閉めたドアに寄りかかり、小さくため息をつく。

（大人げなかったかな……）

――ここ数日、伊織は昴を避けている。というのも、惟清が自分の命を狙っていると告げられた時に、思わず昴を責めてしまったのだ。

『……どうして？　どうして今まで黙ってたの？』

『伊織……』

『あんな……、あんな怨霊に命を狙われてるって知ってれば、僕だって……』

そう言いつつも、伊織は分かっていた。

伊織に前世の記憶がないと知った時、昂は忘れた方がいい記憶もあるだろうと言っていた。

あれはきっと、このことだったのだろう。

おそらく前世の自分は、従兄弟の惟清に呪われるほど疎んじられていることに傷つき、悩み苦しんでいたのだ——。

(誰だって、人から嫌われてるなんて気分のいいものじゃない。ましてやそれが従兄弟で、呪い殺されるほどの恨みを買ってるなんて……。忘れているのならその方がいいと、僕だってきっとそう思う)

昂の性格を考えれば、余計にそう考えるだろうことは容易に見当がつく。

忘れているのならそのままの方がいい。伊織の与《あずか》り知らぬところで自分が惟清を倒せればそれが一番いいと、昂はそう考えたのだろう。

(……それに、惟清の怨霊のことを知らされたところで、僕になにができるわけでもない)

伊織には、自力で怨霊に対抗できる術がない。自分の命が狙われていると知ったところで、ただ恐怖に震えることしかできない。

それが分かっていたからこそ、昂は伊織に惟清のことを黙っていたのだろう。

——けれど。

(確かに、僕にはなにもできない。でも、それでも教えてほしかった。……僕自身のことなんだから)

たとえなにもできずとも、自分の命に関わることなのだ。黙っていられていい気分はしない。それに、いくら昴が強いとはいえ、今の彼は小学生なのだ。体が成長しきっていない今、自分の力は前世の半分もないと昴自身だって言っていたではないか。

(それなのに、一人でなんとかしようとしていたなんて……)

「……僕の力が必要って、そう言ったくせに」

ぼそっと呟いた途端、自分の言葉の子供っぽさに自己嫌悪が湧いてきて、伊織は勉強机の脇にあるベッドに勢いよく突っ伏した。枕に顔を埋めて、唸り声を押し殺す。

「ううう……」

――分かっている。自分は薫子を救う呪符を書くことはできるかもしれないが、惟清に対抗する力は持っていない。

だがそうと分かっていても、悔しいのだ。

なにもできないと思っていた自分を信じてくれた昴が、自分を頼ってくれなかったことが。

彼は、本当は自分の力を必要とはしていないのではないか。

彼が自分のことを好きだと言うのは、本当は秋風の仇を討つためなのではないか。

自分のそばにいればいずれ惟清が現れるから、それで近くにいるために――……。

「……別に、だからどうってことはないんだけど」

自分の声の拗《す》ねたような響きに気恥ずかしさを覚えた伊織が、ぎゅっと両腕で枕を抱きしめた、その時だった。

「伊織、入ってもいい？　コーヒー淹《い》れてきたんだけど、飲まない？」

コンコンと、ノックの音と共に伊月の声がする。伊織はパッと顔を上げると慌てて答えた。

「あ……、う、うん、どうぞ」

入って、と返すと、伊月がマグカップを片手にドアを開ける。

「ごめんね、勉強の邪魔して」

「ううん、あんまり捗《はかど》ってなかったから。……あの、コーヒーありがとう」

本当は捗ってなかったどころかまだ手もつけていなかったので、少し後ろめたさを覚えつつマグカップを受け取る。目を泳がせる伊織に、兄は苦笑を浮かべて言った。

「伊織、本当は勉強してなかっただろう。すぐ分かるよ、伊織は顔に出やすいから」

「う……」

お見通しな兄に返す言葉もなく黙り込む。すると伊月は、仕方ないなと言わんばかりに優しく目を細め、伊織のベッドに腰かけて隣をぽんぽんと叩《たた》いた。

伊織がおずおずとそこに腰かけると、伊月がそっと問いかけてくる。

「伊織、ここ何日かちょっと上の空だよね。昴くんに対してもぎこちないし……。どうしたの？　なにかあった？」

「ん……、別になにもないんだけど……」

ごにょごにょと言い淀みつつ、伊織は手の中のマグカップを見つめた。

（……聞いて、みようかな）

結局あの後すぐ惟清に襲われる騒ぎがあったので、呪符のことをどうするか、まだ結論を出していない。

いきなり前世の恋人が、と話しても伊月も面食らうだろうが、例え話として聞けば、兄がどう考えるか知ることができるかもしれない。

伊織は躊躇《ためら》いつつも唇を開き、伊月に尋ねた。

「……あのさ、兄さん。詳しくは言えないんだけど……、例えば兄さんが昔好きだった人が今苦しんでて、自分しか助けてあげられる人がいないとしたら……、やっぱり助けてあげる？」

「……それはまた、随分唐突な質問だね」

少し当惑した様子ながらも、伊月が首を傾《かし》げて考え込む。

「そうだな……、ちょっと薄情かもしれないけど、時と場合によるかな」

「……時と、場合」

「うん。やっぱりおれにとって一番大切なのは、今だから。たとえおれしかその人を助けられないとしても、今大事な人がいるなら、その人のことを優先すると思う」

そんな人はいないんだけどね、と苦笑を浮かべて、伊月は続けた。

「でももちろん、その上でできるのなら、その昔好きだった人を助けるよ。どういう事情であれ、やっぱり好きだった人なんだし、大事な人の一人ではあるよね」

「……そう、だよね」

伊月らしい答えに、伊織は俯いた。

(兄さんがもし薫子さんのことを知ったら……、やっぱり助けてあげるんだろうな)

たとえその後苦しんでも、兄ならきっと、今の自分にとって大切なものを見失わず、前を向いて歩いていけるだろう。

兄は、そういう強さを持っている人だ――。

(だとしたら、やっぱり僕は……)

ぐっと唇を引き結んだ伊織だったが、その時、伊月が意外そうに言う。

「でも、驚いたな。実は最近、そんな夢を見たばかりだったんだ」

「え……」

「この間、帰り道にちょっと倒れちゃった時があっただろう？　あの時、夢を見たみたいでね。着物の女の子が、助けてって泣いてたんだよ」

「……っ」

兄の言葉に、伊織は飛び出しかけた声を無理矢理呑み込んだ。

伊月が気付かない様子で続ける。

「夢の中だからか分からないけど、何故かおれにとってその子はすごく大事な子だって認識があってね。……彼女を助けなきゃって、その意識がずっと残ってるんだ」

「兄、さん……」

「彼女はどうしただろう、まだ泣いてるのかなって、なんだか最近ずっと考えちゃっててね。助けてあげたい、おれが助けなきゃって……。ただの夢なのに、変だよね」

苦笑する兄に、伊織は勢いよく頭を振った。

「そんな……、そんなこと、ない……！　変なんかじゃ、ない……！」

だって、兄の見たその夢の中の女の子は、間違いなく——。

「伊織？」

「あ……、う、ううん、……なんでもない」

怪訝《けげん》そうに聞かれて、伊織はハッと我に返った。言葉を濁した伊織をしばらくじっと見ていた伊月だが、ややあってくすっと笑う。

「な……、なに？」

顔を上げて聞いた伊織に、伊月は微笑んで言った。

「いや、伊織から恋愛相談される日が来るなんて、思ってもみなかったから。しかも昔好きだった人って……。おれが知らないうちに、随分大人になってたんだなあって」

「え……!?　ち、違うよ、さっきのは僕のことじゃなくて、その、友達の話で……！」

どうやら伊月は先ほどの話を、伊織自身のことなのだと勘違いしたらしい。慌てて否定した伊織だったが、伊月はからかうような笑みを浮かべて言う。

「そうなの？　なら、伊織だったらどうするの？」

「え？」

「もし伊織が昔好きだった人が苦しんでたとしたら……、伊織はどうするの？」

思ってもみなかったことを聞かれて、伊織は戸惑った。

（僕が昔好きだった人って……）

この場合、自分にとっては昴がそれに当たるのだろう。

もしも昴が怨霊になりかけていたとしたら――。

「……っ、そんなの絶対、絶対助けるに決まってる……！」

「……伊織？」

「僕が助けられるなら、絶対……、っ」

勢い込んでそう言いかけて、伊織はハッと我に返った。驚いたような顔をしていた伊月が、優しい笑みを浮かべて言う。

「……なんだ、伊織、その人のことまだ好きなんじゃないか」

「……っ、ち、ちが……」

思いがけない言葉に狼狽《うろた》えながら、伊織は言い募った。

「別に好きとか、そういうのじゃ……！　だって、僕のこと信じるって言っても口だけでちっとも当てにしてくれてないし、好きっていうのだって本当かどうか……！」

思わずそう言ったところで、きょとんとしている伊月に気づき、慌てて付け加える。

「って、友達が！」

「ふふ、うん、友達ね。そうだったそうだった」

苦笑した伊月に、もはやなにも言えず黙り込む。すると伊月は、にこにこと笑いながら伊織の肩をぽんぽんと叩いて言った。

「でも、その友達は相手に信じてもらいたい、ちゃんと好きって思われたいって、そう思ってるんだろう？」

「………………」

「自分を頼ってほしい、必要としてほしいって思う気持ちは、やっぱり恋だと思うけどな」

「……そんなんじゃ、ないよ」

伊月にはすっかり勘違いされてしまったが、相手は昴なのだ。小学生の男の子相手に恋なんて……、するはずが、ない。

けれど伊月は、伊織には構わずベッドから立ち上がって笑う。

「そう？　ま、でも今は受験第一だからね。青春もいいけど、勉強に専念しないと」

「……うん」

「おなかすいたら降りておいで。みんな寝ちゃったけど、おれはまだしばらくテレビ見てるから。お茶漬け作ってあげるよ」

じゃあね、とひらりと手を振って、伊月が部屋から出て行ってしまう。

その背を見送って、伊織はベッドから立ち上がり、机に向かった。マグカップを置いてイスに座り、一番上の引き出しを開ける。

引き出しの一番上には、昼間昴から預かった、方陣が書かれた和紙が置いてある。畳まれたそれを取り出して広げ、伊織はじっと見つめた。

(好きとかそういう……、そういうんじゃない、けど)

でも、昴に自分を頼ってほしい。必要としてほしいと、思う。

自分の力が彼の助けになるのなら、全力を尽くしたい。

伊織はイスから立ち上がると、ローテーブルの上に習字道具を広げた。

方陣が書かれた和紙の上に文鎮を載せ、半紙の前に正座する。

「……よし」

呼吸を整えた後、伊織は小さく呟いて筆に手を伸ばした。

静かに墨汁に筆を浸し、真っ白な半紙に筆先を走らせる。

辺りには涼やかな墨の匂いが満ちていた——。

わずかな月明かりの差し込む中、衣擦《きぬず》れの音と共に燭台の火がゆらゆらと揺れる。

几帳《きちょう》にすがりつこうと伸ばした手に熱い男の手が重なって、秋風《あきかぜ》はびくりと肩を跳ねさせた。

「ん……、なにしてるんだ、秋風。摑《つか》まるなら此方だろう」

「あ……、ん、んんっ」

摑んだ手を男の首すじに誘導され、逃げ場を探してひねっていた体を正面に戻されてしまう。咎《とが》めるように激しくくちづけられながら、より深くまで入り込もうとするようにゆるやかに腰を送り込まれて、秋風は堪えきれず目の前の恋人にぎゅっとしがみついた。

「ふ、あ……っ、んんっ、ん、ん……！」

とろとろに蕩《とろ》けるまで濡《ぬ》らされ、さんざん焦《じ》らされた挙げ句、ようやく与えられた快楽だった。待ち焦がれた熱を離すまいと、熟れた媚肉《びにく》が雄茎に絡みつき、きゅうきゅうと甘えるように収縮する。

深くまで繫《つな》がっている藤墨《ふじすみ》にも、当然それは伝わったのだろう。乱れた狩衣《かりぎぬ》のあわいから忍び込ませた手で胸の尖《とが》りをつまみながら、嬉しそうに笑ってくちづけを解く。

「……ん、すっかり慣れたな、秋風」

ここも悦《よ》さそうだ、と奥をくんと突かれて、秋風は息を乱しながら藤墨を軽く睨《にら》んだ。

「だ、れが、そうしたと……っ」

「ああ、俺だな。俺があんたをこうした」

は、と熱く息を切らせた藤墨が、低く笑う。どくりと脈打った雄蕊《おしべ》がますます硬く、熱く漲《みなぎ》るのを感じて、秋風は悪態をついた。

「馬、鹿……っ、これ以上大きくするな……っ、あっ、んあ……っ」

「無理を言うな。あんたを抱いていて、熱くならないわけがないだろう」

くっくっと愉快そうに笑いながら、藤墨がくちづけてくる。重ねられた唇を吸い返しながら、秋風は体の奥深くを暴く獰猛《どうもう》な熱にその身をゆだねた。

あの秋の長雨の日の出会いから、三年が経とうとしていた。

月日の流れる間に、秋風の周りでは様々なことが起きた。

あの後すぐ、秋風の兄、春風は薫子と駆け落ちしようとして捕らえられ、島流しとなった。病に倒れた兄は失意のまま亡くなり、秋風は自暴自棄になって世を儚《はかな》み、幾度となく命を絶とうとした。

そんな秋風を、藤墨は時に叱咤《しった》し、時になにも言わず抱きしめて、立ち直らせてくれた。常にそばに寄り添い、献身的に支え続けてくれた藤墨に秋風も惹《ひ》かれるようになり、彼の気持ちを受け入れて——、二人は恋人として閨《ねや》を共にするようになった。

兄の死を乗り越えた秋風は、以前のように呪符《じゅふ》を書き、藤墨と共に寄せられる依頼を解決して回っている――。

「秋風……、ん、は……っ、ああ、は……」

前戯では秋風を焦らしに焦らし、言葉にして自分を欲しがらせたがる恋人だが、挿入してからはいつも自身の快楽を隠さず伝えてくる。

耳元にかかる熱い吐息混じりの艶声に、頭の中まで犯されているかのような錯覚に陥って、秋風は嬌声混じりに抗議した。

「そ、れ……っ、やめ……っ、んん……っ」

「相変わらず耳が弱いな」

くく、と低く笑った藤墨が、秋風の耳朶《じだ》にやわらかくかじりついてくる。感触を確かめるように唇と歯でひとしきり甘嚙《あまが》みした後、藤墨は秋風の耳全体を口に含んだ。

「ん……、好きだ、秋風」

「……っ」

飾り気のない、けれど真摯《しんし》な囁《ささや》きに、思わず背筋が震えてしまう。鼓膜を直接震わせる低い声にも、その言葉自体にも感じ入り、息をつめる秋風に、藤墨が一層笑みを深くした。

「……ふ」

「っ、笑う、な……っ、……っ」

「いや、しかし、……なあ?」

何故聞き返すと睨みたいのに、熱い舌に耳殻をなぞられて、まともな言葉が紡げなくなる。まるでそこも自分のものにするかのように、尖らせた舌で耳孔をくすぐられ、くちゅくちゅといやらしい蜜音をたっぷりと聞かせられて、秋風はたまらず男の下で身をよじった。

「んんっ、あ、あ、あ……！」

乱れた衣の隙間《すきま》から零《こぼ》れ出た花茎を熱い手に包まれ、強く扱《しご》き立てられる。ぐちゅ、ぐぷ、と埋め込まれた雄茎でゆるやかに後孔を突かれて、秋風は必死に顔を背けて声を押し殺した。

「んー……っ！」

「っ、く……！」

きつく収縮する隘路《あいろ》に、藤墨がぐっときつく眉を寄せて呻《うめ》く。肩を強《こわ》ばらせて快感の波を堪《こら》えた藤墨は、はあ、と一つ熱い息をつくと、秋風の顔を強引に自分の方に向けさせ、唇を啄《ついば》みながら低く笑った。

「ん……、……は、秋風」

「んう、んんっ、ん……！　ん、は……っ、あ、やめ……っ、あ、あ……！」

「やめるわけないだろう、……と」

逃げようとする舌を追いかけ、きつく吸い上げた藤墨が、身を起こして秋風の片足を抱え上げようとする。気づいて抗《あらが》おうとした秋風だったが、それより早く藤墨に体の向きを変えられてしまう。

「……っ！」

あっという間に布団の上で横向きにされ、片足を大きく開かされて、秋風はカァッと羞恥《しゅうち》に顔を染めた。

「こ、の……っ」

「そう怒るな。好きだろう？　こうして繋がるの」

「そんなわけ……っ」

「そうか？」

ふっと笑った藤墨が、体勢を変える間に抜けかけた雄を再び奥まで押し込んでくる。先ほどより大きく足が開いた分、より深くまでぐっぷりと潜り込んでくる熱に、秋風はたまらずぎゅっと敷布を握りしめた。

「は、あ……っ、あああ……！」

「っ、ほら、ここは正直だ」

吸いついてくる、とからかうような声で囁かれて、秋風は懸命に頭を振った。

「……っ、して、な……っ」

「意地っ張りめ」

くっくっと愉快そうな笑みを零して、藤墨がゆっくりと腰を使い出す。大きく開かせたそこを灼熱《しゃくねつ》で穿《うが》ちながら、藤墨は覆い被さるようにして秋風の唇を啄んだ。

「んんっ、あっあっあ……っ、お、く……っ、や……っ、や……！」

「っ、ああ、このままあんたの一番奥を、可愛がってやる」

「あ……！　あ、あ、あ！」

逞《たくま》しく反り返った雄茎で狭いそこを擦り立てられ、一番奥のやわらかい部分を犯される。張り出した傘の部分で快楽に膨れ上がった前立腺をぐりぐりと嬲《なぶ》られ、性器を扱き立てられて、秋風はあっという間に頂へと駆け上った。

「んあ……っ、ああああ！」

「……っ、秋風……！」

唸《うな》った藤墨が、逃げ場を奪うように秋風をかき抱き、ぐっと身を強ばらせる。びく、びくっと跳ねながら白花を咲かせる秋風に唇を重ねて、藤墨は最奥に熱蜜を注ぎ込んできた。

「んー……っ！」

体の奥深くを男の熱情に濡らされながら、舌をきつく吸い上げられる。自分のなにもかもが弾《はじ》け、溶けてなくなってしまいそうな鮮烈な快楽に呑み込まれて、秋風は必死に恋人にしがみついた。

「ん、は……っ、は……、あ、んん……」

「は……、大丈夫か、秋風」

「……ん……」

追い込むくせに、最後はいつも心配そうな目をする恋人に頷《うなず》き、力の抜けた彼の体をしっかりと抱きしめ返す。

体格のいい藤墨の体は重く、繋がったままでは時に苦しいこともあるけれど、それでもこの瞬間が好きで、毎回文句の言葉を呑み込んでしまう。

目を閉じて息を整えながら、恋人の重みをじっと味わっていた秋風だったが、その時、藤墨が思い出したように声を上げた。

「ん……、そうだ、秋風。あんたに渡したいものがあったんだ」

「渡したいもの？」

聞き返した秋風にああと頷き、藤墨がゆっくりと腰を引く。ん、と息を詰める秋風を見つめながら慎重に繋がりを解いた藤墨は、自分の身繕いは後回しでまず秋風の身を清めた。濡らした布でさっと汗ばんだ肌を拭《ぬぐ》い、秘処を優しく清めていく。

「……っ、そこは自分で……」

「いいから、俺にさせろ」

鼻歌でも歌い出しそうなほど上機嫌で世話を焼かれて、秋風は毎回のことながら落ち着かない気分を味わいつつ聞いた。

「いつも思うが……、何故そんなに楽しそうなんだ？」

「さあ？　楽しいからな」

理由はないと笑った藤墨が、秋風に新しい浴衣《ゆかた》を着付ける。すっかり秋風の身繕いが済むと、藤墨は脱ぎ捨てていた自分の衣をたぐり寄せ、袂《たもと》から小さな黒い紙片を数枚取り出した。呪を唱えると、その紙片が宙に浮き、藤墨の体のあちこちを撫《な》でるように動き出す。紙片は彼の式神の一つで、藤墨は自分の身を式神に清めさせているのだ。

「……私の後始末も、その式神を使えばたやすいのでは？」

「なにを言う。あんたの世話は俺だけの特権だ」

式神になんぞさせるかと言う藤墨に若干遠い目になりつつ、秋風は話の水を向けた。

「それで、渡したいものとは？」

「ああ、これだ」

もう一度袂を探った藤墨が、小さな守り袋を取り出す。藤の花の刺繍《ししゅう》が入った綺麗《きれい》な縮緬《ちりめん》のそれを見つめて、秋風は首を傾《かし》げた。

「お守り、か？」

「ああ。先だってあんた、呪詛《じゅそ》をかけられそうになったろう」

「……ああ」

藤墨の言葉に、秋風は俯《うつむ》いてしまう。

数日前、秋風は呪詛をかけられそうになった。それも、従兄弟の惟清《これきよ》から。

「まさか惟清殿が、呪詛をかけるほど私のことを憎んでいたとは……」

声を落とした秋風に、藤墨が唸る。

「何度も言ったが、あいつは見当違いの嫉妬《しっと》をしてるだけだ。あんたが気に病むことはない」

「……分かっている」

藤墨に頷いた秋風だが、心は晴れなかった。

藤墨と組んで世の困り事を解決するうち、秋風の名は広く知れ渡るようになった。ついには帝の耳にもその噂《うわさ》が届き、殿上を許されたばかりか、検非違使別当《けびいしべっとう》を通して礼を言われたのが一月ほど前のこと。

その直後、秋風は己の出世を妬《ねた》んだ惟清に呪い殺されそうになった――。

（……惟清殿は、元々自分以外の者が目立つことをよしとしない方だったが……、それにしても、あのように強力な呪詛を陰陽師《おんみょうじ》に頼むほどとは）

幸い、異変に気づいた藤墨がすぐに呪詛返しを行ったため、秋風は無事だった。しかし、事の次第を見届けようとしていたのだろう、近くに潜んでいた惟清は呪詛返しに遭い、泡を吹いてもがき苦しんでいた。

渋る藤墨をなんとか説得して惟清を助けたが、すっかり人相の変わってしまった惟清は去り際まで二人に罵詈雑言《ばりぞうごん》の嵐を浴びせていた。

後から分かったことだが、惟清は秋風の出世と同時期に官位を剝奪《はくだつ》されていたらしい。彼自身の不正が明らかになったことがその理由だったが、彼はそれを不服とし、己の凋落《ちょうらく》と裏腹に出世し始めた秋風を目の敵《かたき》にしているらしかった。

（惟清殿をあそこまで追いつめてしまったのは、私だ。己の立身に浮かれて惟清殿の事情に気づかず、従兄弟だというのになんの助けも講じなかった……）

気に病むなと何度藤墨に言われてもその思いが拭えず、秋風はここのところずっと塞《ふさ》ぎ込んでいた。

おそらく藤墨はそれを心配して、この守り袋を用意してくれたのだろう――。

「……すまない。気を遣わせたな」

謝った秋風に、藤墨が頭を振って言う。

「俺が秋風に持っていて欲しかったんだ。結局あんたがとめるから、惟清にとどめも刺せなかったしな」

「……なにも殺すことはないだろう」

藤墨のおかげで何事もなかったのだし、惟清も呪詛返しに遭って苦しんだ。それで十分だと言う秋風に、藤墨が苦笑する。

「甘いな、秋風は。……だが、あんたのそういう優しさに、俺は惹かれたんだ」

そのあんたに頼まれたらなあ、とぼやいて、藤墨が続ける。

「惟清のこともそうだが、恨みというものは思いがけないところで買っていたりするからな。此方に非がなくても、逆恨みする奴はいる。だから念のために、持っていてほしい」

藤墨はお守りに刺繍された藤の花を指先でそっと撫でて告げた。

「藤は不死に繋がる。それに、この花の花言葉は『決して離れない』だ」

「……君が花言葉を知っているとはな」

雅《みやび》とはかけ離れた性格を知っている秋風がそう茶化すと、藤墨が笑う。

「あんたに名前をもらった時に、ふと気になってな。どうせなら俺に縁のものを贈りたかったし……、なによりこの花言葉なら、あんたへの誓いにもなる」

静かに藤の花にくちづけを落として、藤墨は秋風にお守りを差し出してきた。

「俺は決して、あんたから離れない。……受け取ってくれるか、俺の誓いを」

「藤墨……」

まっすぐこちらを見つめてくる藤墨に、秋風はちくりと胸の痛みを覚える。

(……離れない、か)

好いた男にそこまで想われて、嬉しくないわけがない。

けれど——。

「……秋風？」

声を曇らせた藤墨に呼ばれて、秋風はハッと我に返った。慌てて笑みを浮かべてお守りを受け取る。

「すまない。少し驚いただけだ。……ありがとう、大事にする」

「ああ。俺の気休めだと思って、持っていてくれ」

ほっとしたように微笑《ほほえ》んで、藤墨が秋風を抱き寄せる。

重ねた肌に移った侍従の香りがふわりと立ち上がるのがたまらなく切なくて――、秋風は藤墨の胸元をそっと押し返した。

「……もう夜も更けた。そろそろ帰ったらどうだ」

今しも唇を重ねようとしていた藤墨が、残念そうに言う。

「秋殿は相変わらずつれないことだな。俺としては、たまにはあんたと朝まで共寝《ともね》したいんだが。なあ、いっそどこかに屋敷を構えて、一緒に暮らさないか？」

「それは……」

「それとも、俺と暮らすのは嫌か？」

「……っ、そうじゃない。ただ……」

言い淀《よど》んだ秋風に、藤墨がじっと続きを待つ。しかし、秋風が口にするのを躊躇《ためら》っているのを見た藤墨は、苦笑を浮かべて言った。

「……まあ、いい。今日のところは大人しく帰るとするか」

「……すまない」

「別に謝ることはないだろう。……そのうち、な」

鷹揚《おうよう》に笑って、藤墨が秋風に軽くくちづけ、身を起こす。

身支度を整える恋人をじっと見上げて、秋風は胸の奥を刺す痛みを必死に堪えた。

（本当は私だって、朝まで共にいたい。ずっと一緒にと、そう思っている。……だが、私たちは男同士だ）

いくら三日夜の儀式を挙げ、誓いを立てたところで、その事実は変わらない。

本来なら、自分は彼の伴侶《はんりょ》となるべき人間ではないのだ。

先日、検非違使別当から言われた言葉が脳裏に甦《よみがえ》る。

別当は、帝も二人の活躍を非常に喜んでいると告げた後、言ったのだ。

あの陰陽師は変わり者で有名だったが、陰陽寮にいた時から帝の信任は厚かった。帝は彼が早々に妻《めと》を娶り、優秀な陰陽師の血を残すことを望んでおられる、と――。

（……私では、主上《しゅじょう》の望みを叶《かな》えることはできない）

藤墨の言う通り、彼と共に暮らせたらどんなに楽しいだろうと、思う。ずっと彼と共に暮らせたら、朝まで彼と共寝できたら、どんなに満たされるだろう――……。

「…………」

小さくため息をついて、秋風は脱ぎ捨てていた上衣を羽織った。袂に忍ばせてあった一枚の呪符がカサリと鳴り、その存在を思い出す。

陰陽寮の者たちに教えを請い、藤墨には告げずに書いたその呪符に手を伸ばしかけ――、秋風はくっと唇を噛んだ。

(もう少し……、あと少しだけ、このままで)

帰り支度を整えた藤墨が、こちらを振り返る。

ふっと優しく瞳を細めた藤墨は、その形のいい唇をゆるやかに開いて――。

「……伊織」

「………?」

――呼ばれた名前に違和感を感じて、伊織はうっすらと目を開けた。ぼやけた視界に、こちらをじっと見つめる彼の顔が映る。

だがその顔は、今目の前にいた彼のものより随分と幼くて――。

「伊織、大丈夫か？　なんか悲しい夢でも見たのか？」

「ゆめ……？」

今の今、聞こえていたよりも幾分高い、けれど紛れもなく自分の恋人の声で問われて、伊織はぼうっと聞き返した。なんとはなしに顔に手をやり――、気づく。

「え……」

伊織の頬には、涙がひとすじ、伝っていたのだ。

驚き、まだあたたかいそれを指先で拭った伊織に、心配そうな声がかけられる。

「呪符の練習してたのか。もしかして、そのせいでなにかつらいことでも思い出したのか？」

「つらい、こと……」

繰り返して、伊織はハッと我に返った。

（今の……、今の、夢……？　いや、あれは……）

自分のことを秋風と呼んでいた、長身の美丈夫。睦《むつ》み合い、愛し合っていた二人。

彼らの服は平安時代の貴族が着るような着物で、髪型も月代《さかやき》こそないが髷《まげ》を結っていた。

美しい几帳で仕切られた部屋、畳を照らす燭台のわずかな光、ほのかなお香の匂い――……。

（……僕……、今、前世のことを思い出していたんだ……）

どうやら自分は居眠りをしていたらしい。ローテーブルの上には方陣が書かれた半紙が何枚も重なっており、兄が淹《い》れてくれたコーヒーも冷め切っていた。

部屋の時計を見ると、すっかり深夜になってしまっている。

（そうか……、僕、この練習した呪符のせいで、前世のことを……）

過去を思い出したいと、強く願いながら練習していたために、呪符が発動してしまったのだろう。

（僕は……、本当に秋風さんだったんだ）

茫然《ぼうぜん》としている伊織《いおり》を、彼――、昴《すばる》が心配そうに覗《のぞ》き込んでくる。

「本当に大丈夫か、伊織？　あんたの部屋から明かりが漏れてたから、起きてるのかと寄ってみたんだが……。なんなら、茶でも淹れてくるか？」

「あ……、だ、大丈……」

大丈夫、と言いかけて、伊織はハタと思い至った。

（そうだ……、僕、ずっと昴くんのこと避けて……）

ここ数日彼のことを避けていたことを思い出し、気まずさを覚えた伊織に気づいたのだろう。昴が先に切り出す。

「……悪かった」

「昴、くん」

「惟清のことを黙ってたのは、忘れてるならその方がいいと思ったからだ。秋風は惟清に恨まれたことを、ずっと気に病んでいた。惟清の恨みは、秋風の出世を妬んだ見当違いのものだったが……、秋風はそれでも、自分が惟清の力になれなかったことを悔やんでいたんだ」

今見たばかりの夢と同じことを言われて、伊織は躊躇いつつも頷く。

「……うん」

「秋風は死ぬ間際、俺に復讐《ふくしゅう》をするなと言った。自分の書いた札で、人を殺すなと……。それで俺は、惟清の力を奪うだけに留めた。だが、それが間違いだった。力を失った惟清は、余計に恨みを募らせたまま病死して……、そのまま怨霊になっちまった」

くしゃりと顔を歪《ゆが》めて、昴が続ける。

「恨むなら俺を恨めばいいものを、惟清の怨霊が狙《ねら》ったのは、よりにもよって秋風の転生先だった。俺はそれに気づいて、伊織を探したんだ。今度こそ俺の手で、あんたを守るために」

「……そう、だったんだ」

昴が伊織に惟清のことを告げなかったのは、自分が惟清にとどめを刺さなかったことを悔やんでいたせいもあるのだろう。

自分のせいで、転生した恋人を危険な目に遭わせるわけにはいかない。その一心で、彼は十年もかけて必死に転生先を探し、追いかけてきてくれたのだ――。

伊織はふうと息をつくと、昴に向き直った。姿勢を正して、正直な気持ちを告げる。

「話してくれて、ありがとう。昴くんがあの怨霊のことを隠してた理由、きっとそうじゃないかと、僕も思ってた。でも……、でも僕は知りたかったし、相談して欲しかった。僕に相談したところでどうしようもないだろうけど、それでも昴くんの力になりたかった」

伊月《いつき》と話した今なら分かる。自分はなによりもそのことが、昴に相談してもらえなかったことが悔しかったのだ。

「伊織……」

「でも、避けたのは僕が悪かった。……ごめん」

声を落とした昴がもう一度謝ろうとしているのを察して、伊織は先回りして謝った。

「考えたんだ。どうしたら君の力になれるか。どうしたらあの怨霊を倒せるか。それでやっぱり、僕がするべきことは呪符を書けるようになることだって思った」

「……いいのか」

伊月のことは、と言外に聞かれて、伊織は答えた。

「さっき、兄さんと話をしたんだ。それで、きっと兄さんなら全部知っても薫子《かおるこ》さんを助けることを選ぶだろうなって思った。それにもし兄さんに責められたとしても、それでも僕は薫子さんを助けなきゃいけない」

薫子は、惟清に襲われた自分たちを助けようとしてくれた。今度は自分たちが彼女を助ける番だ。

「……薫子には借りができちまったしな」

同じことを考えたのだろう。昴が呟《つぶや》く。

伊織は強く頷き、昴をまっすぐ見据えて言った。

「うん。だから昴くん、僕に呪符の書き方を教えてほしい。記憶を思い出させる呪符だけじゃなく……、惟清を倒すための呪符も」

「伊織……」

真っ黒な瞳を瞬かせた昴が、まじまじと伊織を見つめて言う。

「分かった。……ただ、急がなきゃならなくなった。実はさっきの電話で、事情が変わっちまってな」

「さっきのって……、ああ、おじさんたちからの電話？」

そういえば夕食の時、昴の両親から電話がかかってきていた。なにかあったのかと身構えた伊織に、昴が告げる。

「……ああ。仕事の都合で、海外転勤が決まったらしい。一週間後に迎えに来ると言われた」

「え……」

思いがけない一言に目を瞠《みは》った伊織に、昴が落ち着いた様子で言う。

「うちの親も日本に戻るつもりでいたから、どうにかならないか交渉したみたいだけどな。駄目だったらしい。……新居の話も、とりやめになった」

電話を代わった伊織の両親に何度も謝っていたとそう言う昴に、伊織は尋ねた。

「じゃ……、じゃあ、一週間後には、昴くんは……」

「ああ。……ここを出てくことになる」

「そんな……、なんで急に……」

茫然とする伊織に、昴が苦笑を零す。

「元々、俺は無理矢理転生しちまったからな。やっと縁を繋いで、どうにかあんたのそばまで来たから、その反動があってもおかしくはない。……理《ことわり》を歪めちまってるからな」

「理を……」

つまり、歪められた理が正しい道へと戻ろうとしているということだろうか。

本来であれば自分と昴は別々の場所で生き、まったく関係のない人生を送っていたと、そういうことなのだろうか――……。

「……まあ、これがその反動かどうかは分からないがな」

言葉を失った伊織を見つめて、昴が落ち着いた口調で言う。

「今までもこういうことはザラだったんだ。直前で赴任先が変わったり、転勤自体がとりやめになったりな」

「……昴くんは、それでいいの？」

「……いいわけねぇだろ」

重いため息をついて、昴が言う。

「やっと……、やっとあんたのそばに来られた。これからはずっと一緒だって、今度こそずっと俺があんたを守るって、そう思った矢先だったってのに……」

悔しそうに言う昴に、伊織はなんと言えばいいか分からず黙り込んでしまった。

昴だって、できることならこのまま日本にいたいのだ。だが、子供の身ではどうすることもできない——。

「……あんたがそんな顔してくれるなんてな」

ぎゅ、と唇を引き結んだ伊織を見て、昴が微笑む。

こんな時にまで余裕な年下の彼は、黒く強い瞳で伊織の目を覗き込んで笑った。

「少しは期待してもいいのか？　伊織も俺と離れたくないと思ってくれてるって……」

伸びてきた手が、伊織の肩を掴む。身を乗り出してきた昴の綺麗な顔に、伊織の脳裏に先ほどの前世の記憶がよぎった。

（そうだ……、僕、昴くんとあんな……、あんな、こと……）

正確に言えば伊織と昴ではなく、前世の彼らの間に起きた出来事なのだが、それにしたって
あの記憶は生々しかった。

秋風は自分そっくりだったし、藤墨にしても、目の前の昴を大人っぽくしたらきっとあんな
美形になるのだろうなと想像できるような姿で――……。

「……伊織」

「あ……」

囁いた昴にひたと見据えられた瞬間、どきりと心臓が跳ね上がって、伊織は呼吸すらうまく
できなくなってしまった。

星が瞬く夜空のような瞳が、目の前でふっとやわらかく細められる。

伊織の両肩を摑んだ昴の手に、ぐっと力が込められて――。

「………？」

しかし、数秒経ってもそれ以上なにも起こらない。

伊織の両肩を摑んだまま、ぐぐぐ、と眉間に皺《しわ》を寄せた昴に、伊織は首を傾げた。

「あの……、……なにしてるの、昴くん？」

「……くそ」

悪態をついた昴が、伊織の肩口にトンと額を当てて呻く。

「押し倒せねえ……」

「…………」

もしかして、と思い当たって、伊織は形のいい小さな頭をまじまじと見下ろした。

(……もしかして昴くん、僕を押し倒そうとしてた……?)

だが、子供の姿では力が足りず、押し倒せなかった——。

「……ぷっ、は、あはは……!」

吹き出した伊織に、昴がますます拗《す》ねた声で唸る。

「……笑うな」

「ご……、ごめ……っ、でも、だって……!」

ははは、と声を上げて笑う伊織に、顔を上げた昴がムキになったように迫ってくる。

「でも今いい雰囲気だったよな? 伊織も俺に抱かれてもいいかもって思ったよな?」

「えー、それはどうかなあ」

くすくす笑いながらはぐらかすと、昴は悔しそうな顔つきで言った。

「くそ、可愛い顔しやがって……! 見てろよ、何年かしたら必ず戻ってきて、本当にあんたのこと抱くからな! 押し倒すからな!」

「ふふ、はいはい」

「……本気にしてないな……」
さらりと受け流した伊織に、昴が呻く。
そんなことないって、と笑いつつ、伊織はちくりと痛む胸にそっと目を伏せた。
（……一週間、か）
それまでに自分は、どれだけのことを思い出せるだろう。
何故秋風は、藤墨と朝まで一緒にいたいのにそうしなかったのか。
藤墨の本当の名前は、なんというのか。
彼らはどんな恋をしたのか——。
（……知りたい。もっと）
伊織のその思いに呼応するように、書きかけの方陣がほのかに白く光っていた——。

――月のない、新月の夜だった。

「秋風……っ、秋風、何故……！」

自分を抱き起こし、涙を流す恋人を見上げて、秋風は微笑んだ。

「すま、ない……」

もっとたくさん伝えたいことはあるのに、ひどい喘鳴《ぜいめい》に喉《のど》が痛くて、刺し貫かれた胸が痛くて、言葉が続かない。

気に入りの深藍の束帯に香を焚《た》きしめておこうと伏籠《ふせご》に衣を置き、代わりの束帯で出仕した帰りだった。

藤墨からもらったお守りを移し替えるのを忘れたことに気づいたのはつい先ほどで――、そしてずっと秋風をつけ狙っていた惟清は、その一瞬の隙を見逃さなかった。

放たれた呪詛の刃に胸を刺し貫かれ、秋風は藤墨の目の前で倒れたのだ。

「秋風様！」

屋敷から、秋風が忘れていったお守りを咥《くわ》えた黒豆が飛んでくる。秋風はもうほとんど力の入らない手を精一杯伸ばし、駆け寄ってきた黒豆の頭を撫でた。

「黒豆……。そのお守りは、お前に……」

自分の形見にとそう告げて、秋風は震える手で黒豆の首にお守りを下げる。

「そんな……、秋風様……！」

「気をしっかり持て、秋風！　大丈夫だ、俺が必ず助ける……！」

そう言った藤墨が、懐から呪符を取り出そうとする。秋風はその手を押しとどめて笑った。

「私の呪符を……、これ以上無駄使い、するな……」

すでに藤墨は何枚も呪符を使って自分の傷を癒《いや》そうとしている。けれど、彼がいくら呪を唱えても秋風の胸の傷は塞がらず、血を流し続けていた。

呪詛の刃に、強力な毒が仕込まれていたのだろう。

おそらくは、蠱毒《こどく》。百の虫の命を費やして作り上げられたその毒を受けた者は、まず助かることはない。

いくら藤墨が優秀な陰陽師でも、救える命と救えない命がある。自分はもう後者であることを、秋風は悟っていた。

しかし藤墨は、眦《まなじり》を決して秋風を叱咤する。

「馬鹿なことを言うな！　俺は絶対諦《あきら》めない……！　あんたを助けて、あの男を必ず殺してやる……！」

ぎらぎらと復讐に目を光らせる藤墨に、秋風は眉を寄せて言う。

「駄目、だ……」

復讐など、してほしくない。

彼には誰も傷つけないでいてほしかった。

「約束……、した、だろう……。私の、呪符は……、人を助ける、ために……」

「秋風……、っ、だが！」

藤墨の悔しそうな顔が、霞《かす》んで見える。

——ああ、自分にはもう、ほんの少しも時間が残されていないのだ。

ぽつ、と頬に雨粒が落ちる。

サァアア、と降り始めた雨の湿った匂いを感じて、秋風はふっと笑みを浮かべた。

「……君と、出会った時も……、雨の日、だったな……」

雨粒の行く先を追いかけた視線の先に、地面に落ちた一枚の呪符が映る。

襲われた衝撃で地面に落ちたその呪符は、秋風がずっと袂に入れたまま、ついに使うことができなかったもので——。

濡れそぼった呪符から墨が滲《にじ》み、溶け出ていく様を見つめて、秋風は嗚呼《ああ》、と小さく悔恨の声を漏らした。

（私は……）

秋風、と声にならない声で呻いた藤墨が、強く手を握ってくる。懸命にその手を握り返し、秋風はかすれた声を振り絞った。

「最後に……、教えて、くれ……。君の本当の名を……」

「……っ、俺の名は……」

震える低い声が、だんだん遠ざかっていくのを感じる。

靄《もや》がかかったように、ゆっくりゆっくり、すべての感覚が体から離れていって——……。

「……っ」

フッと意識が自身に戻ってきて、伊織はパッと目を開けた。

バスの中、暗くなった窓から外を見て、予備校からの帰り道だったことを思い出す。

自分は秋風ではなく、伊織だ——……。

(今の……、今のが、秋風さんの最後の、記憶……)

ドッドッドッと心臓が強く拍動している。制服の上から胸元をぎゅっと押さえ、深く息を吸って、伊織は動揺を押し殺した。

伊織の胸元で淡く光っていた胸ポケットが、ふっと輝きを失う。

(また、勝手に呪符が発動したんだ……)

胸ポケットにはお守りと共に、今日昼休みに練習した呪符を入れている。おそらくそれが勝手に発動してしまったのだろう。

小さくため息をついて、伊織はバスのイスに座り直した。

伊織が呪符を書く練習を始めて、五日が経った。

昴に教えてもらいながら練習した甲斐《かい》あって、伊織はすでにほとんどの呪符が書けるようになっている。記憶を呼び覚ます呪符は特に念入りに練習しているのだが、練習で書き上げた呪符はもう幾度も勝手に発動してしまっていた。

(……多分僕が、前世のことを思い出したいって、そう思っているからだろうな)

加えて、兄に前世の記憶を取り戻させたいと、強い思いを持って呪符を書いているせいもあるだろう。

早く帰ってちゃんとしたものを書き上げないと、と伊織はバスの中から月のない夜空を見上げた。

今夜、伊織と昴は惟清をおびき出す計画を立てている。

惟清は常に伊織の命を狙っている。そのため伊織は、これまで外出する時は祖母のお守りを必ず身につけていた。

だが今日は夕食の後、一緒にコンビニに行こうと兄を誘って、そのお守りを持たずに出かけるつもりだ。その上で、この一帯でも特に気が淀んでいるというあの竹林の脇道を通れば、十中八九惟清は姿を現すだろう。

(薫子さんも現れるかどうかは分からないけど……、でも、彼女は僕と昴くんを助けてくれたくらいだ。兄さんに危険が迫れば、きっと姿を現す)

惟清が姿を現したら、昴があらかじめ道の脇に用意してある結界に兄を連れて逃げ込むことになっている。昴は離れてついて来ることになっているから、彼が駆けつけるまでその結界の中にいれば、惟清の攻撃は凌《しの》げるだろう。

そして惟清を倒し、兄の記憶を甦らせて、薫子を成仏させる——。

(……うまく、いくかな)

明後日にはもう、昴の両親が日本に来る。諸々の手続きのため数日は滞在する予定だが、できればその前に惟清を倒し、薫子を成仏させたい。

それに、兄を巻き込むと決めた以上、自分はなにがあっても兄を守らなければならない。

自分の書いた呪符で、ちゃんと兄を守れるだろうか。

惟清を倒し、そして薫子を成仏させられるだろうか——……。

(できるか、じゃない。……やらなきゃ、なんだ)

不安に傾きそうになる心を叱咤して、伊織はぐっと膝の上の拳を握りしめた。

この五日間、伊織は呪符の力で、前世で起きた様々なことを思い出していた。

二人が出会った、雨の日のこと。薫子の呪詛を解きに行った先で黒豆と出会ったこと。

唐突な告白とくちづけに激怒した秋風が、その後しばらく訪ねてくる藤墨を追い返していたこと。追い返されてもまるでめげず、惚《ほ》れたんだから仕方ないだろうと飄々《ひょうひょう》と通い続ける彼のことを、どうにも憎みきれないと感じていたこと。

兄の死で自暴自棄になった自分をずっと支え続けてくれた藤墨を、いつしか秋風も愛するようになったこと。

想いを受け入れてからの、穏やかで幸せな日々、そして——。

(……秋風さんが亡くなる時の、記憶)

先ほど思い出した最後の記憶を思い返して、伊織は小さくため息をついた。

自分が彼の生まれ変わりである以上、彼が亡くなっていることは分かってはいたが、それでも死ぬ間際の記憶が甦るというのは強烈だ。いくら成仏したとはいえ、呪詛によって苦しみながら死んだ記憶だから、余計に衝撃は大きかった。

(死ぬってああいう……、ああいう感覚なんだ)

伊織の感覚では、それは眠りに近いものだった。

苦しみも痛みも遠ざかって、抗えない大きな波のようなものに吞み込まれて——……。

(……結局、秋風さんは藤墨さんの真名《まな》を知ることはできたのかな……)

こつん、とバスの窓に額を預けて、伊織はじっと暗闇を見つめた。

秋風が藤墨の言葉を最後まで聞き届けられたかどうか、最後の最後に彼の名前を呼べたかどうか、その記憶は曖昧《あいまい》なままだ。

(……でも、きっと秋風さんは幸せだった。好きな人にちゃんと想いを伝えて、その腕の中で逝くことができたから……)

だからこそ秋風は成仏し、自分に生まれ変わることができたのだ。未練や後悔に満ちた最期だったら、きっと自分は生まれていないだろう。

——秋風の記憶を取り戻しつつあることは、昴には告げていない。

今更自分が前世の記憶を取り戻したところで、昴との別れが変わるわけではない。それなら余計なことは告げるべきではないと、そう思ったのだ。

（昴くんは大人になったら戻ってくるってそう言ってるけど……、でも、それが昴くんにとっていいことだとは、やっぱり思えない）

昴が自分を守るために転生して追いかけてきてくれたことは、本当にありがたいと思う。

今の伊織のことを好きだと言ってくれるのも、好きでいさせてほしいと言われたことも、嬉しい。

十歳も年下だけれど、男同士だけれど、まっすぐ気持ちを向けてくれる彼に心動かされそうになる瞬間もある。

だが、それでもどうしても、思ってしまうのだ。

いつまでも前世に囚われているのは、彼にとってよくないことなのではないか。彼は転生した今の生を、きちんと生きるべきではないか、と——。

「…………」

重く息を吐いた伊織の耳に、自分の降りる停留所を告げるアナウンスが聞こえてくる。降車ボタンを押した伊織は、運転手にお礼を言ってバスを降りた。

──月のない、新月の夜だった。

頬を撫でる温《ぬる》い風を感じながら、伊織は自宅に向かってゆっくりと歩き出す。

（昴くんは、僕自身に惹かれたから好きになったって言ってくれたけど……、でも、秋風さんのことを重ねて見ていないとは言えないとも、言ってた）

前世の記憶がある以上、それは当然の感情だろう。

昴が伊織を好きになったのは、伊織の前世が秋風だからだ。自分がそうだったように、もし前世の記憶がなかったなら、自分は彼にとって恋愛対象にはならなかっただろう。

（十歳も年が離れてて、親戚で、男同士で……、そんな相手、普通は好きにならない）

本来なら好きになるはずのない相手を好きでいるなんて、そんな歪んだことをそのままにしておいていいとは思えない。

彼にはもっと自分よりふさわしい相手が、もっと釣り合う相手が、この先いくらでも現れるはずだ──。

（……結局僕も、あなたと同じことを考えてるよ。……秋風さん）

制服の上から胸ポケットを押さえて、伊織は唇を引き結んだ。

胸ポケットには、練習で書き上げた記憶を引き出すための呪符と共に、もう一枚の呪符も入れてある。

秋風が生前、藤墨には告げずに書いた、一枚の呪符。

彼が使うことができなかった呪符を、自分は使うつもりでいる――。

と、俯く伊織の鼻先に、ふわりと甘ったるい花の香りが漂ってくる。

覚えのあるその香りに、伊織は思わず顔を上げて――、息を、呑んだ。

「……っ！」

いつの間にか目の前に、髪の長い女の霊が立っていたのだ。

真っ黒な靄のようなものを纏《まと》ったその霊は、以前よりもはっきりとした人の形をしていて、青白いその顔をこちらに向けていて――。

「白菊《しらぎく》さん……！」

――……コイ、シヤ……。

悲しげなかすれたその声が響いた途端、伊織の制服のポケットから紙片が二枚飛び出し、梅と桜が姿を現す。

「出ましたわね、白菊……！」

「下がって、伊織」

「梅ちゃん、桜ちゃん！」

立ちはだかった二人を見て、白菊が唸り声を上げる。

――ワラワノジャマヲスルナァア……！

「それはこちらの台詞《せりふ》ですわ！　桜！」

「分かってる……！」

頷いた桜と共に、梅が白菊に向けて同時に両手を突き出す。

「梅花、桜花、花剣……！」

二人が声を合わせて叫んだ途端、白と濃い桃色の花びらが宵闇に舞い散り、白菊に襲いかかる。抗う間もなく花びらにその身を切り裂かれ、白菊が苦悶《くもん》の声を上げた。

――ァァア……！　オノレ……ッ、オノレ……！

ぎらぎらと怒りに瞳を燃え上がらせながらも身動きがとれない様子の白菊に、梅と桜がほっとしたような表情を浮かべて顔を見合わせる。

「ふん、口ほどにもありませんでしたわね」

「……ん。よかっ……」

「っ、二人とも、危ない！」

しかしその時、二人の死角で鋭い影が走る。伊織は咄嗟《とっさ》に、飛びつくようにして桜と梅を後ろから抱き抱えていた。

「……っ！」

「伊織様！」

「伊織！」

手の甲に焼け付くような痛みが走ったが、伊織は二人を抱えた腕を離さなかった。そのまま尻餅《しりもち》をついた伊織の前で、白菊が悦に入ったような笑い声を上げる。

――アハハハハ……！　ハハッ、ハハハ！

ザアッと白菊の周囲を取り巻く靄が拡散し、梅と桜の花びらが瞬く間に枯れていく。茶色に変色し、地面に落ちていく花びらに、梅と桜が顔を青ざめさせた。

「そんな……。どうして、私たちの力が通じないんですの？」

「……っ、おかしい……」

混乱と恐怖に震える二人に、伊織は声をかけた。

「……二人とも、落ち着いて。大丈夫、二人が顕現したことはもう、昴くんは気づいているはずだ」

不意打ちで驚いたけれど、白菊もまた、倒さなければならない相手だ。

(彼女は惟清に操られてる。惟清もきっと、近くにいる……！)

梅と桜の攻撃が白菊に通じないのは、おそらく惟清から更に力を与えられたからだろう。

だとしたら自分がすべきなのは――……。

「梅ちゃん、桜ちゃん、今は防御に専念して。昴くんが来るまで、なんとかこの場を凌ごう」

昴が用意してくれている結界がある竹藪《たけやぶ》の道まで行くには、ここからでは距離がある。それならここで、梅と桜と共に時間を稼ぐ他ない。

「伊織様……、はい！　行くわよ、桜！」

「……ん」

頷いた桜が、梅と共に白菊に相対する。

「梅花、桜花、花扇！」

二人が声を合わせた途端、新たにはらはらと花びらが降り積もり、三人の前に巨大な扇を形作った。扇の向こうで、白菊が声を上げる。

——エェ、イマイマシイ……！

鋭い刃のように変化した影が、花びらの扇をザァッと切り裂く。けれど、梅と桜はすぐに新しい花びらでその切れ目を塞ぎ、扇を修復する。

——ク……！　コノ……！

悔しげな声を上げた白菊が、続けざまに何度も扇を攻撃してくる。だが、防御に徹している梅と桜の花扇は崩れる気配がない。

——アァアアア！　ハルカゼサマ……ッ！　ハルカゼサマァアアッ！

半狂乱になって攻撃を続ける白菊を哀れに思いつつも、伊織は油断なく周囲に目を配った。

（どこだ……？　惟清は、どこにいる……？）

いつの間にか空は真っ黒な雲で覆い尽くされ、辺りを照らすのは街灯のわずかな明かりのみになっている。

ドッドッと大きく脈打つ自分の心臓の音に、伊織がこくりと喉を鳴らした、その時だった。

「……小賢しい真似をしおって、忌々しい」

高い場所から、低く太い男の声が響いてくる。バッと後ろを振り返った伊織は、月のない夜空に浮かぶ男を見上げて声を震わせた。

「惟清……」

かつて権勢を誇っていた時の面影とはまるで別人のような、痩《や》せこけた枯れ木のような姿。猜疑心《さいぎしん》に満ちた、濁った瞳。

禍々《まがまが》しい瘴気を身にまとったその怨霊こそ、秋風の従兄弟、惟清だった。

「きゅ……、急急如律令……っ」

取り出した呪符を構えながら、慌てて呪を唱えようとした伊織だったが、惟清はそれを聞いた途端、高らかに笑い出す。

「ハ……！　其方風情が陰陽師の真似事とは、片腹痛いわ！」

顔を歪めた惟清が、片手でザッと空を薙《な》ぎ払う。すると、まるで糸が切れたかのように、白菊がガクンとその場に倒れ伏した。

「っ、なにを……」

驚いた伊織を意に介す様子もなく、惟清がもう片方の手で空を撫でる。すると、その場にサァアアアッと白い風が巻き起こり、その中心に一人の少女が姿を現した。

美しい十二単《じゅうにひとえ》を身にまとったその少女を見るなり、梅と桜が悲鳴を上げる。

「薫子様……！」

「どうして……！」

ぐったりと目を閉じ、気を失っている様子の薫子に向かって、惟清が命じる。

「さあ、薫子。お前の力を見せてやるがいい……！」

惟清がサッと手を払った途端、薫子の体がガクンと揺れ、先ほどの白菊と同じような黒い靄が鋭い刃となって花扇に襲いかかる。

「ひ……っ！」

「いや……！」

あっという間に扇を散らされた二人が、身を丸めて震え出す。

「梅ちゃん、桜ちゃん……！」

伊織は咄嗟に二人を抱きしめ、身をよじって薫子の攻撃から二人を守ろうとした。

（どうしよう……、どうすれば……！）

梅と桜は、薫子には対抗できない。

このままでは三人とも、殺されてしまう——。

（僕に……、僕にもっと、力があれば……！）

せめて梅と桜だけは守りたい。

迫り来る真っ黒な刃から、伊織が自分の身を盾にして二人を守ろうとした、——その時だった。

「……っ、させるか……！」

ガンッと硬質な音と共に、伊織の前に人影が飛び込んでくる。

指に呪符を挟んだその細身の少年の姿に、伊織は弾んだ声を上げた。

「昴くん……！」

「待たせたな、伊織。梅、桜、よくやった！」

まっすぐ薫子を睨んでそう言った昴が、素早く状況を確認して唸る。

「薫子まで惟清に操られちまったか……。だが、まだ救える……！」

「っ、本当？」

聞き返した伊織に昴は力強く頷いた。

「ああ。だが惟清を倒す前に、薫子の呪縛を解かなきゃならん。それには薫子の自我を引きずり出すしかない。伊月の記憶を引き出して会わせりゃ、なんとかなるかもしれねぇが……」

「陰陽師……！」

と、その時、昴を見据えた惟清がカッと赤い目を見開いて叫ぶ。

「貴様の……っ、貴様らのせいで、私は……！　あのような地獄を！　辛酸を……！」

口角から泡を飛ばして激昂する惟清を見据えて、昴が叱咤する。

「逆恨みも大概にしねぇか……！　お前が落ちぶれたのは、お前自身の業だろう！　秋風はなんの関係もねぇ！」

しかし惟清は、昴の声など聞こえていないかのように恨み言を怒鳴り続けている。

「返せ！　私の地位を、金を、栄光を、返せ……！」

「ち……っ、まるで聞こえてやがらねぇ」

舌打ちした昴は、惟清を睨み据えたまま鋭く命じた。

「梅、桜！　伊月を連れて来い！　今、毛玉がそばについて守ってるはずだ！」

「……はい！」

昴の一言を受け、二人がキッと表情を引き締める。

「昴様、くれぐれもお気をつけ下さい！」

「伊織も、無事で……！」

紙片の姿に戻った梅と桜が、空高く舞い上がり、神社の方へと飛んでいく。

「待て……！」

二人を阻止しようと腕を伸ばした惟清に、昴が素早く呪符を放った。

「お前の相手は俺だ……！　伊織、けりをつけるぞ！　あんたの血で呪符を書いてくれ！」

「血で……？」

「ああ。血は墨よりも強い。まずは薫子の動きを止める……！　あんたの書いた呪符ならきっと、対抗できる……！」

「……っ、分かった！」

昴から真新しい札を幾枚か渡されて、伊織は頷いた。

（そうだ、僕には書の力がある……！）

怨霊《おんりょう》と直接戦うことはできなくても、戦いをサポートすることはできる。そして、それは自分にしかない力だ。

伊織は和紙を貼りつけた札を手にすると、先ほど負傷した手の甲から滴る血で、まずは相手の動きを封じる呪符を書いた。

「っ、昴くん！」

惟清と薫子、双方からの攻撃を跳ね返している昴にそれを差し出すと、昴は迷うことなくその呪符を薫子に放った。

「急急如律令、禁呪霊縛！」

「……っ！」

昴が呪を唱えた途端、薫子が声もなく仰け反り、その場から動けなくなる。それを見た惟清が、鬼のような形相で吠《ほ》えた。

「貴様！　よくも……！」

ブワッと瘴気を膨れ上がらせ、襲いかかってくる惟清を迎え撃ちながら、昴が叫ぶ。

「伊織、あいつの相手は俺がする！　あんたは例の呪符を……！」

「うん……！」

昴に促されて、伊織は新しい札を取り出した。深く息を吸って呼吸を整える。

「急急如律令、呪符退魔……！」

目の前では、昴が手持ちの呪符を使って惟清と戦っていた。

無数の触手となって襲いかかってくる惟清の影を飛びすさって避け、隙を狙って惟清に呪符を放つ。しかし、呪符が放たれた途端、惟清はパッとその姿を黒い靄に変え、すぐ近くの別の空間へと移動してしまった。

くっと唇を噛んだ昴が、夜空に浮かぶ惟清を睨み上げる。

「化け物め……！」

唸った昴が、伊織の周囲五カ所に素早く呪符を放つ。すると、地面に突き刺さったその呪符を結ぶようにして、淡く光る五芒星《ごぼうせい》が現れた。

「そこから出るなよ、伊織！」

言い置いた昴が、タッと地を蹴《け》って惟清を追いかける。

どうやら五芒星は結界のような役割を果たしているらしく、伊織に襲いかかってくる触手はことごとく跳ね返っていく。まるで透明な膜で守られているかのようなその空間で、伊織は改めて呼吸を整え、札に向かった。

（落ち着いて……、自分の力を、信じて……）

傷口から滴る血を指先で拭い取って、一筆一筆、願いを込めて方陣をしたためていく。

（どうか、この札で兄さんに春風さんの記憶が戻りますように。薫子さんが、春風さんに会えますように）

二人をもう一度、引き合わせてあげたい。

薫子を、助けたい――……！

「……できた」

想いを込めて最後の一筆を書き終えたその時、道の向こうから梅と桜が伊月の手を引っ張って駆けてくる。

「伊月様、こちらです！　さあ早く！」

「ちょ……、ちょっと待って。君たちは、一体……。伊織が危ないって、どういうこと？」

どうやら梅と桜は、伊織が危ないと言って伊月を連れてきたらしい。その足元につき従っていた黒豆が、堪えきれなくなったように叫ぶ。

「っ、伊織様！　ご無事で……⁉」

「え……っ、く、黒豆？　喋……っ、え⁉」

混乱する伊月には、どうやら惟清や薫子は見えていないらしい。伊織と昴を見つけて、更に困惑する。

「伊織！　と、昴くん？　なにして……」

現れた伊月を見た途端、惟清が怒号を上げる。

「邪魔をするな……！」

「兄さん、危ない……！」

全身真っ黒な炎に包まれた惟清が、鋭く尖った触手を伊月に放つ。思わず叫んだ伊織だったが、一瞬早く、伊月の前に梅と桜が飛び出した。

「梅花、桜花、花嵐……！」

二人が声を合わせた途端、白と濃い桃色の花びらが竜巻となって伊月を守る。

「な……」

一体なにが起きているのか、わけが分からないのだろう。ぽかんとした表情でその場にかくりと膝をついた伊月に、昴が叫んだ。

「伊月、そこから動くな！　伊織、呪符は書けたか⁉」

「う……、うん！　今そっちに……！」

頷いて、伊織は五芒星の結界から出ようとした。しかしその途端、惟清がサッと片手で空を薙ぎ払う。

「殺せェエ……！」

惟清の咆哮《ほうこう》が響いた途端、それまで倒れ伏していた白菊がガクンッと身を起こし、伊織めがけて襲いかかってくる。

――ァァアアア！

結界に阻まれた白菊が、それでも強引に伊織に摑みかかろうとする。バチバチバチッとすさまじい勢いで上がった火花と、間近に迫る白菊の苦悶の表情に、伊織は思わず一歩後ずさっていた。

と、次の瞬間、伊織の背後で黒い影が蠢《うごめ》く。

「……っ！」

結界から一歩出た伊織の足めがけて、シュッと触手が伸びてくる。しかし、触手が伊織の足を捕らえるより早く、その間に飛び込んでくる者がいた。

「伊織様！　く……っ！」

「黒豆……！」

自分の身代わりとなって触手に捕らわれた黒豆を慌てて助けようとした伊織だったが、黒豆は苦しげな声でそれを制する。

「私は大丈夫です……！　それより伊織様は札を……！」

「っ、でも……！」

このまま黒豆を見捨てるような真似はできない。そう思った伊織だったが、ウゥウウ……、と唸り声を上げた黒豆の体が、みるみるうちに膨れ上がっていく。

巨大な猫の姿になった黒豆は、自分にまとわりつく触手を振り払うなり、伊織に迫る白菊に飛びかかった。鋭い爪で顔を切り裂かれた白菊が、仰け反って悲鳴を上げる。

——ギャァアアア！　メガ……！　ワラワノメガ……！

「伊織様、お早く！」

「……っ、分かった！」

頷いて、伊織は駆け出した。追ってくる触手を懸命に振り払い、無我夢中で走る伊織に、昴も惟清に呪符を放ちつつ駆け寄ってくる。

「伊織！」

伊織の背後に迫る触手が、昴の放った呪符でじゅっと焦げるような音を立てて消滅する。白菊の足止めをしていた黒豆が、二人の脇を駆け抜け、惟清へと飛びかかった。

「こちらは私が！」

「この、獣めが……！」

牙《きば》を剝《む》く黒豆を、惟清が振り払おうとする。その間に伊織は昴の元へと走り寄った。

「昴くん、これ……！　っ、あ……！」

転びかけた伊織をしっかりと抱きとめた昴が、頷いて呪符を受け取る。

「ああ！　梅、桜、行くぞ！」

呪符はすでに強い力を放ち、淡く光っていた。梅と桜に声をかけた昴が、伊織の手を取って言う。

「伊織、あんたも一緒に……！」

「……うん！」

ぐっと強く手を握り返し、伊織は昴と声を合わせた。

「急急如律令《きゅうきゅうにょりつりょう》、呪符想起……！」

二人の声が凛《りん》と響くなり、呪符が白く輝き出す。勢いよくそれを放った昴にタイミングを合わせて、梅と桜が花嵐の術を解いた。

「解……！」

ひらひらと花びらの舞う中、目映《まばゆ》く光る呪符が伊月の胸元にぴたりと貼りつく。大きく目を見開いた伊月が、驚いたように自分の胸元を見つめた、──その、次の瞬間。

「……っ、あ……！」

パアアッと辺りが真っ白な光に包まれる。

眩《まぶ》しさに目を瞑《つむ》った伊織は、自分の頭の中に流れ込んでくる映像に思わず息を呑んだ。

──目の前には、細い雨が降り続いていた。

サァア、と続く軽やかなその音と雨の匂いの中、深く澄んだ、すり立ての墨のような瞳が自分を見つめ返している。

どこまでも清く、涼やかなその瞳が切なげに細められ、低い声が秋風《あきかぜ》の鼓膜を震わせた。

「……俺の名は、雨光《うこう》。雨に光と書いて、雨光だ」

「雨、光……」

最後に告げられた恋人の名前を繰り返して、秋風は思わず微笑む。

「……なんだ。君こそ……、名前に雨がつくのに、雨が嫌い、なんて……」

「……名は、俺自身で付けたものじゃないからな」

もう声を押し出すのも精一杯な秋風を気遣って、雨光がそっと遮る。違いない、と小さく笑った秋風の頬に、雨とは違う、あたたかい雫《しずく》が落ちてきた。

「……泣くな、雨光」

霞がかった視界の中、瞬きをする度にぽたりぽたりと落ちてくるその雫に、秋風は苦笑を浮かべる。

「君が、泣いては……、いつまでも雨が、やま、ない……」

「秋風……！」

自分を呼ぶ低い声が、だんだん遠ざかっていくのを感じる。

ゆっくりゆっくり、すべての感覚が体から離れていって、視界に広がっていた白い光が急速に収束していって――……。

――導かれるように開いた伊織の目に、伊月の胸元にすうっと溶け込んでいく呪符が映った。

「い……、今、何が……、……っ、あ……！」

呟いた伊月が、突如自分の頭を抱える。苦しそうに呻き出した伊月に、伊織は思わず駆け寄った。

「兄さん……！」

しかしその時、惟清が黒豆を振り払って咆哮を上げる。

「秋風ええ……！」

怨嗟《えんさ》の声を轟《とどろ》かせた惟清が、伊織に向かって勢いよく腕を突き出し、真っ黒な触手を放つ。

不意を突かれた梅と桜が、慌ててもう一度術を唱えようとした、――その時だった。

「梅花、桜花……ッ！」

「春風様……！」

パンッとなにかが弾けるような音がして、高い女性の声が響く。次の瞬間、伊織と伊月の前にふわりと美しい、幾重にも色が重なった花が咲いて――。

「……っ、く……」

ドッとその背に真っ黒な触手が突き刺さった薫子が、苦痛に顔を歪める。

二人を庇《かば》うように大きく両腕を広げた彼女を見て、昴が驚いたように呟いた。

「っ、まさか、俺の術と惟清の呪縛を、自力で解いたのか……！」

どうやら先ほどのなにかが弾けるような音は、薫子が自我を取り戻した音だったらしい。

愕然《がくぜん》とする一同が見つめる中、薫子がか細い声で恋人の名を呼ぶ。

「春風、様……」

その頬にほろりと一粒の涙が伝った途端、彼女を見上げて茫然としていた伊月の唇から言葉が零れ落ちた。

「か……、おる、こ……?」

「兄さん、記憶が……!」

戻ったのかと、声を上げかけた伊織だったが、その時、駆け寄ってきた昴が伊織の手をぐっと強く引いて叫ぶ。

「飛べ、伊織!」

「……っ!」

伊織が反射的に後ろに飛びのいた途端、今いた場所にドッと黒い触手が突き刺さる。見上げると、宙に浮かんだ惟清がカッと目を見開き、ぶるぶるとその肩を震わせていた。

「許さぬ……! 許さぬ、許さぬ、ユルサヌ……!」

獣のような咆哮を上げた惟清が、ギッと鋭く睨みつけてくる。昴と伊織を見据えてギリギリと奥歯を噛みしめた惟清は、黒豆によって目を負傷し、苦しんでいる白菊に向かって腕を突き出した。

「お前はもう不要だ……!」

忌々しげに唸った惟清が、ぐっと手を強く握りしめる。すると、白菊の体から黒い靄のようなものが立ち上り、みるみるうちに惟清へと吸収されていった。

――アァアアア……！

絶叫した白菊の姿があっという間に掻《か》き消え、惟清を取り巻く影が大きく膨れ上がっていく。

思わず息を呑んだ伊織に、昴がぐっと表情を強ばらせて声を低めた。

「来るぞ、伊織。あんたは下がって……」

「……っ、待って、昴くん」

自分を背後に押しやろうとする昴を制して、伊織は残っていた最後の札に素早く方陣を書いた。複雑なその方陣は、怨霊を調伏《ちょうぶく》するための、最上位の攻撃符で――。

（……惟清の魂を、鎮めたい。僕の、……秋風さんの、力で）

精一杯の願いを込めて方陣を書き終えた伊織は、それを昴に渡し、彼の手を取る。

「……僕も、一緒に」

自分では、足りない力を補うことなど到底できないかもしれない。それでも、少しでもいいから彼の力になりたい。

一緒に、戦いたい。

「伊織……、……分かった」

頷いた昴が、呪符を指先に挟み、惟清に向き直る。伊織は昴の手をぎゅっと握りしめ、その隣にしっかりと立った。

二人の目の前には、巨大な闇の固まりとなった惟清が立ちはだかっていた。その背後には、夥しい影が蠢いている。

蛇や百足《むかで》、蜘蛛《くも》、蜥蜴《とかげ》といったその影を見て、梅と桜が怯《おび》えた声を上げた。

「なんですの、あれは……」

「……まるで、蠱毒……」

惟清によって地面に打ち付けられ、反撃の機会を窺っていた黒豆が、そっと二人に寄り添って言う。

「おそらく惟清は力を奪われた後、再び九十九の虫を戦わせ、勝ち残ったものを喰らったのでしょう。そうして自分自身を蠱毒の呪いとし、強力な力を手に入れた……」

「ああ、だろうな。そうでもしない限り、あそこまで凶悪な力は手に入らねぇ。だが、それは人間としての理を歪めて得たもんだ」

惟清を見据えた昴が、そう言って一歩踏み出す。

「……歪んだ理は、正さねぇとな」

鋭く眼光を走らせた昴に、惟清が獣のような唸り声を上げた。

——オノレ……！　オンミョウジィイイ……！

「臨・兵・闘・者……」

吠える惟清を睨み据えながら、昴が印を結ぶ。

「……皆・陣・烈・在・前」

唱え終えた途端、昴の体から凄《すさ》まじい気が立ち上り、その髪や服の裾が風に舞い上がる。

静かに一度閉じた目を、昴はカッと見開いて命じた。

「急急如律令、呪符退魔！」

——オォオオオ！

絶叫と共に襲いかかってきた惟清に向かって、昴が呪符を放つ。白く光る呪符を叩《たた》きつけられたその瞬間、闇の塊がぐにゃりと歪んだ。

「……っ」

すさまじい瘴気に襲われ、伊織はぐらりと強い眩暈《めまい》を覚える。しかし、それでも必死に足を踏ん張って、伊織は惟清を見つめ続けた。

（終わらせるんだ……！　ここで、僕と昴くんの二人で……！）

こんなこと、もう繰り返させてはいけない。

秋風の苦しみを、藤墨の苦しみを、自分たちは決して繰り返させない。

——ウ、ウ、ウゥウウ……！

強く、強く念じながら、伊織が昴の手を握りしめたその瞬間、惟清が狂おしげな咆哮をあげてもがき出す。無数の虫たちの影が周囲に飛び散り、そのまま淡い靄となって掻き消えていった。

——グァアアア……！

みるみるうちに惟清の影が小さくなっていき――、やがてその場には、一匹の真っ黒な蛙だけが取り残される。

どうにか逃げようと暗がりへ跳躍した蛙だったが、その姿も地面へ着地する前にフッと靄へと変わり、消滅してしまった。

「っ、消え、た……？」

呟いた伊織に、昴が頷く。

「ああ。魂ごと消滅させた。これでもう、惟清は怨霊としても蘇《よみがえ》ることはない」

ふ、と一つ息をついて、昴が体の向きを変える。その視線の先を辿《たど》った伊織は、弾かれたように駆けだした。

「兄さん！　薫子さん……！」

兄の腕の中でぐったりと目を閉じている薫子は、地面から伸びた影に今にも取り込まれようとしている。彼女を抱きしめた伊月が、悲痛な叫びを上げた。

「駄目だ、薫子……！　ようやく……っ、ようやく会えたのに……！」

「は、る風、様……」

目を開けた薫子が、震える手を伊月に伸ばす。

「嬉しい……。最後に一目、お会いできて……」

微笑む彼女だが、その魂は影に引きずられようとしている。伊織は追いかけてきた昴に勢い込んで問いかけた。

「どうして……っ、昴くん！」

「……惟清に受けた傷の影響だろう。このままじゃ、薫子の魂も……」

唸る昴の苦渋の表情を見て、伊織はぐっときつく眉を寄せた。

「そんな……、そんなこと、させない……！　絶対に……！」

運命に振り回され続けた彼女を、輪廻の輪に戻してあげたい。

どうしても、どうしても彼女を助けたい。

唇を引き結んで、伊織はその場に落ちていた花びらを数枚手にとった。

「梅ちゃん、桜ちゃん、……これを扇に」

「……はい！」

「ん……、分かった」

駆け寄ってきた梅と桜が、声を合わせる。

「……梅花、桜花、花扇！」

数枚の花びらが光り輝き、扇の形になる。

伊織は自分の傷口から血を拭うと、その扇に方陣を描いた。

（どうか、どうか薫子さんが助かりますように。どうか……！）

思いを込めて指先を走らせ、完成したそれを昴に差し出す。

「……昴くん、これを呪符の代わりに」

「伊織……。……分かった」

頷いた昴が、そっと扇を受け取り、額に押し頂いて命じる。

「……急急如律令、六根清浄」

扇の形が解け、ひらひらと花びらが舞い落ちていく。薫子の胸元にふわりと落ちた花びらは、そのまま溶けるように姿を消した。と、同時に、彼女の体がやわらかな光に包まれる。

淡く優しいその光に、地面から伸びていた影が瞬く間に霧散していった。

「ああ……」

小さく声を上げた薫子が、伊織と昴を見つめて微笑む。

「……ありがとうございます、秋風様……、藤墨様……」

にこ、と優しい笑みを浮かべた後、薫子は伊月に視線を移して告げた。

「愛しています、春風様。……私の夫」

「薫子……」

瞳を潤ませた伊月が、薫子に微笑み返す。

「……私もだ。私もあなたを愛している。ずっと……」

はい、と嬉しそうに笑った薫子の姿が、白い光に包み込まれる。

淡い、淡いその光は、春の風に舞う花びらのように、静かな夜に溶けていった——。

伊織が差し出した櫛《くし》を見た途端、伊月の頬に涙が伝う。

「……兄さん」

心配になって声をかけた伊織だったが、伊月は涙を拭うと、その櫛を受け取って微笑んだ。

「ん……、ごめん。これはおれが……、春風が、初めて薫子に贈ったものだったから」

大切にしてくれていたんだね、と愛おしそうに櫛を撫でる兄を見つめて、伊織はほっと肩の力を抜いた。

薫子が成仏した後、一同は伊織の部屋に集まっていた。春風の記憶を取り戻した伊月に、改めてことの次第を話すためだ。

「ごめん、兄さん。最初から全部話すことも考えたんだけど……」

呪符を使って強制的に記憶を戻す前に、事情を話しておかなかったことを謝った伊織に、伊月が首を横に振る。

「いや、なにも知らないおれが前世の話をされても、きっと信じることは難しかったと思う。今でも半分、夢の中みたいな心地だしね」

もちろん本当のことだと分かっているけど、と笑った伊月に、昴が言う。

「ともあれ、薫子は成仏して、彼女の輪廻の輪は巡った。生きてりゃそのうち、転生した薫子に会えるかもしれない」

「そうだね。本当にありがとう、昴くん。……しかし、あの藤墨がこんな美少年になっちゃうとはなあ」

苦笑する伊月に、昴が笑って言う。

「そう言うあんたは変わりねぇよな。春風の時から知っちゃいたが、まさかまた伊織の兄に転生してるとは、筋金入りのブラコンだよな」

「弟思いと言ってほしいな。秋風には厄介な恋人がいたから、心配でね」

軽口を叩き合う二人に少し驚いて、伊織は尋ねた。

「……二人は前世の時から付き合いがあったんだ？」

自分はもう秋風の記憶をすべて取り戻しているが、覚えている限りそんな機会はなかったはずだ。

自分が記憶を取り戻していることを悟られないようにと思いつつ聞いた伊織に、昴が打ち明ける。

「ああ、春風が島流しにされる前に、何度か訪ねたんだ。バレねぇように逃がしてやるって言ったんだが、この男、まったく首を縦に振りやがらなくてな」

「……おれが逃げたら、薫子は必ずおれを探そうと家を飛び出すだろうからね。もともと駆け落ちも、薫子が言い出したことだったんだ。たとえ一人でもこの家から飛び出すと言ってね」

「そうだったの？　それはなんていうか、また……」

言葉に詰まった伊織だったが、はーっとため息をついた黒豆が続きを引き取る。

「そうなのです。薫子様は、それはそれはお優しく、そして当時の姫としては珍しく、大変自立心のあるお方で……」

「ただのじゃじゃ馬だろ」

ツッコミを入れた昴に、黒豆がくわっと目を剝いて怒る。

「貴様、我が元主になんたる侮辱……！」

「別に侮辱したつもりはねぇぜ。貴族の、しかも時の右大臣の一人娘だっつうのに、家出した後も食べてけるようにってあれこれ手習い増やしてたようじゃねぇか。右大臣には、宮中に上がっても恥ずかしくないように、とか言ってたみたいだしな」

相当図太いよなあ、と笑う昴は、そんな薫子のことを根性があると認めているらしい。

梅と桜が少し涙ぐみながら言う。

「薫子様は、引き離された後もずっと春風様を待ち続けていらっしゃいました。何度も宮中に上げられそうになりましたが、その度に方忌《かたい》みや仮病をでっち上げて、頑として譲らず……」

「……春風が亡くなったって知らせが届いた後、薫子は陰陽師を呼んで転生の術をかけてもらってた」

しかしその術がうまくいかず、亡霊となってしまったということだろう。

手の中の櫛を愛おしげに撫でながら、伊月が言う。

「……春風も、病の床でずっと薫子のことを想っていた。でも彼女は強い人だから、きっと自分が死んでも年月が経てばきっと前を向いて、幸せになってくれるだろうって思ってた」

「だから春風は、怨霊にならずに成仏したんだな。薫子の幸せを願ってたからこそ、この世の恨みつらみ、未練を断ち切れたんだろう」

昴の言葉に、伊月が頷く。

「そうかもね。病気は苦しかったけど……、でも、秋風からの便りを読んでいる時や笛を奏でてる時は気持ちが落ち着いたし、流された先でよくしてくれる人たちもいたから。……悪くない人生だったよ」

「そうだったんだ。……よかった」

兄の言葉を噛みしめて、伊織はほっと安堵《あんど》した。

春風の最期がどんなものだったのか、秋風は知ることができず、苦しんでいた。兄の思いを聞くことができて、ようやく胸のつかえが取れた気がする——……。

胸に手を当てた伊織を見つめて、伊月がふっと瞳を和ませ、腰を上げる。

「……さて、おれはそろそろ自分の部屋に戻ろうかな。梅、桜、それに黒豆も、一緒に来てくれる？　薫子のことをいろいろ聞きたいんだ」

「はい、伊月様。いっぱいお話ししましょう」

「……薫子の小さい頃の話、聞かせてあげる」

目に涙を浮かべて頷いた梅と桜だったが、黒豆は対照的にキリッと背筋を正して言う。

「私も、前々から春風様とは一度きちんとお話をせねばと思っていたのです。そもそも笛の指南にいらしたはずが恋仲になるとはどういう了見か、そこのところをお聞かせ願いたい！」

「うわあ、やぶ蛇」

迫られた伊月が、くすくす笑いながら黒豆を抱き上げる。

「はいはい、そこもしっかり説明させていただきますよ。……じゃあおれは行くけど、藤墨、くれぐれもおれの弟を犯罪者にするようなことは慎んでね？」

「犯罪者って……」

兄の言葉に唖然《あぜん》とした伊織だったが、昴はひょいと肩をすくめて返す。

「惚れた腫《は》れたに年齢を持ち出すのは野暮ってもんだろ」

「昔ならそれで済んだかもしれないけどね。今はそうはいかないから」

さらりと笑って、伊月が続ける。

「笛じゃあ、せいぜい邪気を払う程度しかできなかったけどね。今生ではおれ、弓を扱えるからね？」

「どういう脅しだよ……。そもそも笛で邪気を払うなんて芸当、そうできるもんじゃねぇからな？」

あんたも前世からして大概だよな……、と呻いた昴が、ため息混じりに言う。

「いくら俺でも、同意もねぇのに強引な真似するつもりはねぇよ。第一、伊織は秋風の記憶を取り戻してねぇんだしな」

「………」

昴の言葉に、伊織はそっと視線を落とした。

（……ごめん、昴くん。本当は、僕は……）

ぎゅっと唇を引き結んだ伊織を見つめていた伊月が、梅と桜を促す。

「さ、じゃあ行こうか、三人とも。お休み、伊織」

「あ……、う、うん」

お休みなさい、と返して、伊織は部屋を出ていく三人を見送った。

パタンとドアが閉まり、二人きりになったところで、昴が座ったまま伸びをする。

「んー、まあなんにせよ、どうにか一件落着してよかったな。これで俺も少しは安心して向こうに行けるぜ」

「……そうだね」

相づちを打ちつつ、伊織は制服の胸ポケットにそっと手をやった。

バスの中で発動してしまった記憶を引き出す呪符と共に入れてあった、もう一枚の呪符を取り出す。

惟清の怨霊も倒し、春風の記憶を取り戻して薫子を成仏させることもできた。

これを使う時が、来たのだ――。

（使うなら、今だ……。でも、本当にそうしていいんだろうか。この呪符を使って、僕は本当に後悔しないだろうか……）

視線を落とし、手にした呪符をじっと見つめる。

最後に残ったこの一枚には、千年前に秋風が亡くなったあの日、雨に溶けた方陣と同じものが書かれている。

それは――。

「ん、それ、練習した呪符か？」

「……っ」

ひょいと覗き込んできた昴に聞かれて、伊織は慌ててそれを手の中に隠した。

「う、うん、……そう」

「あんたもすっかり呪符を書けるようになったよな、伊織。ああそうだ、明日でもいいから守り札を二枚、書いてくれるか」

「守り札？　いいけど……」

二枚とは一体、誰と誰の分かと首を傾げた伊織に、昴が言う。

「あんたと、あとは伊月にも渡したくてな。一応梅と桜はあんたの元に残してくつもりだが、俺がいない間何事もないようにな」

伊織の書いた守り札に念を込めたいと言う昴に、伊織は頷いた。

「……そういうことなら、今書くよ」

「いいのか？　悪いな」

詫《わ》びる昴に頭を振って、伊織はローテーブルに習字道具を広げた。

正座して呼吸を整え、背筋を正して筆を取る。

（この守り札が、持ち主に幸運を運びますように）

願いを込めて一文字一文字、丁寧に『御守護』と綴《つづ》った伊織は、それを昴に渡した。二枚ではなく三枚書かれた守り札に、昴が首を傾げる。

「三枚？　伊織、この一枚は？」

「最後の一枚は、昴くんに。……離れても、君のことをこの守り札が守ってくれるように」

「伊織……、……ありがとな」

嬉しそうに目を細めて笑った昴が、静かに目を閉じて祈りを唱える。甘やかな少年の声に耳を傾けながら、伊織もまた、心の中で念じた。

（離れても……、……二度と、会えなくても）

この守り札がきっと、彼を守ってくれる――……。

「……ん、これでよし、と」

祈り終えた昴が、守り札をそっとテーブルの上に置く。

「守り袋は……、ここの神社のを分けてもらうか。御利益ありそうだしな」

「……うん」

頷いて、伊織は和紙で守り札を丁寧に包んだ。言葉少なな伊織に気づいたのだろう、昴が複雑そうな顔で笑う。

「そんな顔するなよ、伊織。別れを惜しんでくれるのは嬉しいが、俺はちゃんと戻ってくる」

「…………」

「少し時間はかかるかもしれねぇが、必ずまた伊織に会いに来る。だからそれまで、俺のことを……」

言いかけた昴が、途中でいや、と頭を振る。

「……待っててくれとは、言えねぇな」

「え……?」

意外な言葉に、伊織は目を瞠った。

「言えないって……、なんで……」

てっきり昴は、待っていてほしいと言うのだと思っていた。

戸惑う伊織に、昴が苦笑を零す。

「言えるわけねぇだろ。伊織にまた会いに日本に戻ってくるのは、俺の勝手だ。俺が勝手に、あんたのことを好きなんだ。俺の気持ちを押しつけるような真似、今の伊織にできねぇよ」

「今の、僕に……」

それは、記憶を取り戻していない伊織に、という意味なのだろう。

視線を落として、伊織は呟いた。

「……ずるいよ、昴くん。今までさんざん、もう一度好きになれとか、振り向かせてみせるとか言ってたくせに……」

「はは、だな。悪い」

さらりと謝って、昴が伊織の手に手を重ねてくる。

自分よりも一回り小さなあたたかいその手に、伊織はびくっと肩を震わせた。

「……っ、昴く……」

「待っててくれとは、言わない」

すり立ての墨のような澄んだ黒い瞳が、じっと伊織を見つめてくる。

吸い込まれそうなその瞳に映った自分は、今にも泣きそうな顔をしていた。

「言いたいが、言わない。けど、約束する。俺は必ず、あんたのところに戻る。またあんたに会いに……」

「……駄目だよ」

昴を遮って、伊織はどうにかそう声を押し出した。

「そんな約束、しちゃ駄目だ」

「伊織?」

驚いたように目を瞠る昴から逃げるように俯き、ぎゅっと目を閉じる。

重ねられた手の中には、先ほどの呪符がある。

秋風が使えなかった、雨に溶けて消えたその呪符は――、記憶を奪う、呪符だった。

「……ごめん、昴くん」

震える声で告げる伊織の脳裏には、死の間際、秋風が覚えた悔恨があった。

あの時の秋風はきっと、こんな呪符を書いてしまったことを悔いていたのだろう。恋人の意に反してその記憶を奪うつもりでいたことを、彼は後悔していたのだ。

(この呪符を書いたこと自体を、秋風さんは後悔していた……。呪符を使って自分のことを忘れさせるなんて、藤墨さんの意思を無視することに他ならないから)

自分がしようとしていることも、同じことだ。

自分の気持ちまで否定しないでくれと、彼はそう言った。

伊織を好きでいさせてくれ、と。

でもそれは、本来はあり得なかった感情だ。

惟清のことがなければ、彼は自分を追いかけて転生することはなかった。彼が自分を好きになることは、なかったのだ。

自分が彼の運命を、理を、歪めてしまった。

歪んだ理は、正さなければならない――……。

「……僕を、恨んで」

「恨んでって……、なに言って……」

困惑した表情を浮かべた昴の手をそっと取り、伊織は両手で握りしめた。

手の中の呪符に気づいた昴が息を吞んだその瞬間、ぎゅっと目を閉じて心の中で強く、強く願う。

(どうか秋風のことを、前世のことを、……忘れてほしい。僕への気持ちを、忘れてほしい)

伊織の願いに反応して、呪符が淡く光り出す。重ね合わせた手から零れる白い光に、昴が大きく目を瞠った。

「伊織、あんた……」

「ごめん……、ごめん、昴くん。でも僕はやっぱり、こうすることが正しいと、思う」

忘れられたくない。

勝手に好きなだけだなんて、そんなこと言わせたくない。

約束を信じると、待っていると、言いたい。

――でも。

(言っちゃいけない。だって昴くんが僕を好きなのは……、間違ってることなんだから)

本来あり得なかったはずの、恋心。

そしてそれは、自分も――……。

「……ちゃんと元に、戻そう」

小さな手をしっかりと握りしめて、伊織は震える声でそう告げた。

「昴くんの記憶を消した後、兄さんの記憶も消す。……僕の記憶も」

この呪符がなんなのか、昴はきっともう気づいているはずだ。

藤墨ですら知らなかった、記憶を奪う呪符。

それを伊織が書くことができたのは、伊織が秋風の記憶を取り戻したからで――、そして秋風がその呪符のことを藤墨に告げなかったのは、藤墨に使うつもりだったからだ。

自分は前世でも、そして今この瞬間も、彼を裏切ってしまったのだ。

(でも……、それでも、歪んだ理をそのままにしておいていいわけない)

自分たちの縁は、本来交わらないものだった。今目の前にいる彼への気持ちは、本当はなかったはずのものなのだ。

だから、どんなにつらくても、どんなに苦しくても、本来あるべき理に戻さなければならない。

するはずのなかった恋を、終わらせなければいけない。

「……っ、ごめん……、ごめんね、本当に……！」

謝るなんて卑怯《ひきょう》だ、泣くなんて卑怯だと思うのに、溢《あふ》れ出す言葉が、込み上げてくる熱いものが堪えきれない。

「ごめ……っ」

ほろほろと涙を零しながら、それでも必死に堪えよう、堪えようとする伊織だったが、その時、しがみつくように握りしめていた手をぎゅっと、握り返された。

「……謝らないでいいぜ、伊織」

「す、ばる、く……」

「あんたがそう決めたんなら、仕方ない。俺が理を歪めちまったのは事実だしな」

ふっと微笑んで、昴が伊織の手をぐいっと自分の胸元に引き寄せる。

涙に濡れた伊織の頬に顔を近づけて、昴はきっぱりと言った。

「秋風がこの呪符のことを黙ってたのも、よっぽどの覚悟があってのことだったんだろ？　それなら俺は、恨んだりしない。伊織のことも、秋風のこともな」

「……っ」

全部受けとめ、許すと言う昴に、伊織は言葉を失ってしまう。

こんな勝手なことを、ひどいことを、許してくれるのか。一言も責めずに、受け入れてくれるのか——。

茫然とする伊織を、昴がその墨のような美しい瞳でじっと見つめて言う。

「……ただ、最後に一つ、頼みがある。俺の名前を、呼んでくれないか。昴じゃなく、藤墨じゃない、……俺の、真名を」

「あ……」

彼の、真実の名前。

それは――。

「……雨光」

震える唇を開いて、伊織はその名を呼んだ。

その名の通り、夜に光る雨粒のような煌《きら》めきを湛《たた》えた瞳が、ゆっくりと細められる。

「ありがとな、伊織。愛してるぜ」

囁いた昴の唇が、伊織のそれに重なる。

その瞬間、繋いだ手から真っ白な光が一気に溢れて――。

「……っ!」

眩しさに目を閉じた伊織が次に見たのは、きょとんとする昴の姿だった。

「雨こ……」

「……伊織お兄ちゃん?」

「……っ」

呼びかけた途端、昴にそう首を傾げられ、伊織は息を呑む。言葉を失った伊織をまじまじと見つめて、昴が心配そうに眉を下げた。

「どうしたの？　おなか痛いの？」

「え……」

「だって伊織お兄ちゃん、泣いてる……」

手を伸ばしてきた昴が、一生懸命伊織の目元を拭ってくれる。

小さくてあたたかいその手に一瞬目を瞠った後、伊織はぼろぼろと涙を溢れさせていた。驚いた昴が、おろおろと慌て出す。

「えっ、わっ、ど、どうしよう。大丈夫？　伊織お兄ちゃん」

「ご、ごめ……っ、大丈夫、だから……」

誰か呼んでこようか、と心配してくれる彼に頭を振って、伊織はその細い体を抱き寄せた。

「ごめん……、ごめんね」

何度謝っても足りないけれど、それでも。

（ごめん、雨光。……ごめん）

もう呼ぶことのできないその名前を何度も、何度も心の中で呼んで、伊織は腕の中の小さな温もりをぎゅっと、抱きしめた――。

——降り注ぐ細い雨は、二日前から続いていた。

授業が終わった放課後、伊織《いおり》は一人きりの教務室で提出物のチェックをしていた。サァアアア、と続く雨から視線を逸《そ》らし、ふうとため息をつく。

「湿気が多いと半紙が歪《ゆが》むんだけどなあ……」

秋はこれだから嫌になる、と思いかけて、ふと気づく。

（……僕、秋風さんに似てきたかな）

確か彼も同じことを思っていた、と苦笑して、伊織はもう一度窓の外に目を向けた。

——伊織が昴の記憶を奪ってから、十年の月日が流れていた。

二十八歳になった伊織は、高校教師になっていた。担当教科は、書道。梅と桜に書を教えるうち、もっと多くの子に書の楽しさを教えたいと思うようになったのだ。

伊織の記憶は、失われていない。それどころか、兄の伊月《いつき》の記憶もそのままだった。

というのも、昴《すばる》が記憶を失ったことを知った伊月が、自分はこのままでいいと言い出したからだ。

『伊織が記憶を取り戻したことは、なんとなく気づいてたよ。伊織は顔に出やすいからね。春風《はるかぜ》の話をした時の反応で、もしかしたらそうかなって。……まさか昴くんの記憶を消すつもりとは、思ってもみなかったけど』

『……歪んだ理《ことわり》を、元に戻さなきゃならなかったんだ』

兄の口調に非難めいたところは欠片《かけら》もなく、だからこそつらかった。けれどこれは、自分が決めてしたことだからと、伊織は伊月にすべてを話した。

昴が自分を追いかけて転生してきたことで、理が歪んでしまったこと。

今回の昴の両親の急な転勤の取りやめは、その反動かもしれないこと。

元々自分たちの運命は交わるものではなかったこと――。

『本当なら、昴くんが僕を好きになることはなかったんだ。だから……』

『……それでも、好きっていうその感情は本物だって、おれは思うけどね』

伊織を遮って、伊月は静かにそう言った。

『好きになったのなら、貫けばよかったんだよ。理の歪みなんて、ただのきっかけだ。歪んでるから正しくない、正しくないものは消さなきゃいけないなんて、そんなこと誰が決めるんだって、……伊織がそう思えれば、よかったんだけどね』

声をやわらげた伊月は、伊織の気持ちもお見通しだったらしい。張る意地もなく、黙り込んだ伊織に、伊月はふうとため息をついて言った。

『伊織には悪いけど、おれは薫子《かおるこ》のことを忘れたくはない。ちゃんと、大切な思い出として覚えていたい。だから、おれの記憶を消すのはやめてほしい』

『……分かった』

伊月自身がそう言うのなら、と頷《うなず》いた伊織だったが、兄は続いて意外なことを言い出した。

『伊織もだよ』

『え……』

『だって、おれと伊織は別に理を曲げて転生したわけじゃないだろう？　ただ、前世の記憶があるってだけだ』

肩をすくめて、伊月は言った。

『そもそもの理を曲げてないなら、記憶はそのままでもいいんじゃない？』

『……っ、でも、僕は昴くんの記憶を奪って……』

昴の記憶を奪った自分が、このままでいいとは思えない。

そう言った伊織に、兄は微笑《ほほえ》んだ。

『忘れなきゃならないのはつらいけど、それで楽になる面もあるよね』

『……それ、は……』

『自分を罰したいのなら、むしろ覚えているべきだと、おれは思うよ。……ちゃんと秋風のことを覚えたまま、今の人生を生きていきなさい』

それが伊織の宿題、と笑う兄の言葉で、伊織は新しく記憶を奪う呪符《じゅふ》を書くことはやめた。

そして、両親と共にアメリカへと旅立つ昴を見送ったのだ――。

(あれから十年ってことは……、昴くんは今、十八歳か)

あの頃の自分と同い年だ、と気づいて、伊織は胸の奥を刺す小さな痛みにふっと俯《うつむ》いた。

十年前、旅立つ間際まで注意して見ていたが、昴が記憶を取り戻す様子はなかった。

伊織と二人きりになっても、いつも他の人がいる前で見せていた無邪気な子供そのもので、大人びたあの喋《しゃべ》り方をすることはまったくなかったのだ。

その後も年賀状など、ごく普通の親戚付き合いはあったものの、昴が個人的に伊織に連絡してくることはなかった。もちろん、前世などと言い出すこともない。

両親から聞いた話では、昴は飛び級をして、今は大学で考古学を学んでいるらしい。長期休みの間は世界中の様々な発掘現場で働いて経験を積んでいるそうで、将来は研究者になるのだろうと言っていた。

(陰陽師《おんみょうじ》とは全然違う職業だけど……、でも、ちゃんとやりたいこと、見つけられたんだな)

彼が昴としての人生をちゃんと送っていることに、安堵《あんど》と共に一抹の寂しさを覚える。

彼は完全に、藤墨《ふじすみ》の記憶を失ったのだ──。

(大学生、か……。藤墨と出会ったのが二十八歳だったから…、今の昴くんはそれよりまだ十歳も若いんだな)

十八歳の彼は一体どんな青年になっているのだろうか。見てみたかったな、とそう思う自分に、伊織は内心苦笑してしまった。

結局あれから伊織は、他の誰にも恋愛感情を抱くことができなかった。どんな異性にも、どんな同性にも心動かされることがないまま、十年が過ぎてしまったのだ。

(まあ、もともとあんまり恋愛に興味なかったしなあ)

言い訳のように思いつつも、伊織には分かっていた。

自分にはきっと、彼以上に好きになれる相手はいないだろう、と――。

(……でも、記憶を残しておいてよかったとは、思う)

というのも、兄の伊月に、あの後すぐに思わぬ出来事が待ち構えていたからだ。以前、伊織が安産の守り札を書いた佐々木さんの家に、薫という女の子が誕生したのだ。

名前を聞いてまさかと思ったが、伊月は彼女を一目見るなり、薫子の生まれ変わりだと言った。十歳に成長した薫は前世の記憶を持っていない様子だったが、それでも伊月のことが大好きで、毎日神社に通ってきているらしい。

伊月お兄ちゃんのお嫁さんになると宣言している薫に伊月は苦笑していたが、大人になるまで同じ気持ちだったらね、と返していたから、そのうちなるようになるだろう。二十二の年の差も、その頃にはたいした問題ではなくなっているに違いない。

黒豆、そして梅と桜は、変わらず伊織のそばにい続けてくれている。とはいえ、伊織は就職を機に実家を出て一人暮らしを始めたため、今はたまの週末くらいにしか会っていない。

黒豆はさすがにそのままというわけにはいかなかったため、数年前に一度行方不明という形で家から離れ、一月後に子猫の姿でまた現れて、改めて飼い猫となった。黒豆にそっくりな子猫に両親は不思議がっていたが、せっかくだからと名前もそのままにしている。

梅と桜は、たとえ記憶がなくても主人である昴について行ってはと勧めたのだが、昴からの最後の命は伊織を守ることだからと言って譲らず、二人とも伊織の元に残ってくれた。神社の境内に植えられた梅と桜の木に宿るようになったため、一人暮らしの際に連れていくというわけにはいかなかったのだが、今ではこっそり伊月の手伝いをしたりして楽しく過ごしているらしい。

（……寒くなる前に、また二人にも会いに行かないとな）

冬の間、彼女たちは木と共に眠ってしまう。その前に顔を見ておきたいと思いつつ、伊織は生徒からの提出物にまた視線を戻した。

この日の課題は、百人一首だった。

好きな歌を一つ選び、札に清書したものを提出してもらったのだが、選ぶ歌がバラバラで見ていて面白い。

「この子は……、小野小町か。綺麗《きれい》に書けてるなあ」

きっと好きな歌なのだろう。丁寧に綴《つづ》られた文字を目で追い、伊織は次の札を手にとった。

「えっと、次の子は……、……っ」

綴られた歌を見て、伊織は思わず息を呑んだ。

札に書かれていた和歌、それは――、秋を嘆く、歌だったのだ。
「月みれば……」
躊躇《ためら》いつつも、伊織はその歌を口ずさんだ。
「千々にものこそ、……かなしけれ」
――月を見ていると、様々な想いで心が揺れ、悲しみが溢れてくる。
「我が身ひとつの……」
そこまで口にしたところで、伊織はふっと唇を閉ざした。
我が身ひとつの、秋にはあらねど。
自分一人だけに訪れた秋ではないのに、それでも秋はもの悲しい――……。
『古今とは、また雅《みやび》なことだな』
出会った時の不躾《ぶしつけ》な言葉を、覚えている。
『あんたの書に惚《ほ》れた』
深く澄んだ、すり立ての墨のような瞳も。
『前世のことを思い出せなくても構わないから、また一から俺に惚れてくれないか』
自分を守るため、十年かけて追いかけてきてくれた。
『待っててくれとは、言わない。けど、約束する。俺は必ず、あんたのところに戻る』
……まっすぐ、自分に想いを伝えてくれた。

（ああ、……やっぱり）

つい昨日のことのように思い出せる言葉の、眼差しの数々に、胸が熱く、苦しくなる。

「やっぱり秋は、嫌いだな……」

震える声で伊織が呟《つぶや》いた、――その時だった。

「……まだ月も出てないのに、か？」

低い声と共に、教務室のドアが開かれたのだ。

「え……」

驚いて腰を浮かせた伊織の目に映ったのは、背の高い青年の姿だった。

艶《つや》やかな黒髪、涼やかでどこか品のある、精悍《せいかん》な顔立ち。

――まるでそう、初夏の翠雨《すいう》にしっとりと濡《ぬ》れた、瑞々《みずみず》しい藤のような。

「す……、ばる、くん……？」

まさか、と茫然《ぼうぜん》としながらもその名を呼んだ伊織に、昴がニッと笑って答える。

「ああ、俺だ。久しぶりだな、伊織」

ドアを閉めて中に入った昴が、こちらに歩み寄ってくる。

ゆっくりと近づいてくる彼を見つめて、伊織はすとんとイスに腰を下ろした。この状況をなんとか理解しようと、懸命に頭を働かせる。

（なんで、昴くんが……？　いや、それよりも、今の……）

──月も出ていないのに。

かつて秋を嘆く秋風に、藤墨もそう言っていた。

(偶然……、に、決まってるよね……?)

偶然以外、あり得ない。

昴は前世の記憶を失っているのだ。

彼自身もこの歌を知っていて、そう言っただけなのだろう。

そうに決まっている──……。

瞬きも忘れてじっと考え込んでいる伊織に、昴が苦笑を浮かべて言う。

「そんな、亡霊でも見たみたいな顔しないでくれよ。ちゃんと生きてるぜ、ほら」

ひらひらと手を振って、昴が少し照れくさそうに続ける。

「十年ぶりだな。元気にしてたか?」

「え……、う、うん……。あの、昴くん、は……」

日本人形のように整っていた顔は十年前よりずっと大人びていて、健康的に焼けている。きっと発掘調査などであちこち飛び回っているからなのだろう。

藤墨とも少し違う、男らしいその顔を見上げて聞いた伊織に、昴が頷く。

「ん、元気だった。にしても、くん付けはやめてくれよ、伊織。もう十八だぜ、俺」

「あ……、うん……」

ごく自然に親しげに話しかけられて、伊織は戸惑ってしまう。

(確かに、僕の知ってる昴くんはこんな話し方だった、けど……)

でもそれは、藤墨の記憶がある昴の話し方だ。

今の彼がこんな話し方をするのはおかしい——……。

「あの……、昴く……、昴はどうして、ここに……?」

なにがなんだか分からなくて、伊織はとりあえずどうにかそう聞いた。

「アメリカで飛び級して、大学に通ってるって聞いたけど……」

「ああ。けど今度、こっちの大学に留学することにしてな。本当なら、こうして伊織のところに来るのは、あと半年待つべきなのかもしれねぇが……。一応、普通に通ってたら向こうのハイスクールも卒業した頃合いだから、それで許してくれないか。……もう十年、経ったしな」

「え……」

その言葉に、伊織は目を瞬かせた。

(卒業……、十年って……)

彼が言っていることの意味が、分からない。

いや、分かるけれど——、あり得ない。

だって、彼がそんなことを言うはずがない。

彼の記憶は、確かに自分が奪ったはずで——……。

「……ずっと、ずっとあんたに会いたくてたまらなかった」

茫然とする伊織を見つめて、昴が微笑む。

それは、一度目の再会と同じ言葉だった。

「片時も忘れたことはなかったぜ、伊織。それに……」

一呼吸置いた昴が、すっとその場に片膝をつき、伊織の手を取る。切なげに瞳を伏せた彼は、伊織の手を優しく引くと、手の甲にその唇を押し当てて囁《ささや》いた。

「……秋風」

「……っ！　なん……、なんで……」

何故、その名で自分を呼ぶのか。

何故、覚えているのか。

忘れたはずでは、記憶を失くしたはずではなかったのか。

衝撃が大きすぎてなに一つ言葉にならず、息をするのも忘れて目を見開いている伊織に、昴が苦笑する。

「言ったはずだぜ、伊織。強い思いがあれば呪符は発動するが、少しでも雑念が混じれば失敗するって。……あんた、本当はおれの記憶を奪いたくないって、そう思っただろう」

「そ……、え……、え……？」

ということはまさか、最初からあの呪符は発動していなかったのか。

十年前、昴は本当は記憶を失っていなかったのか。

混乱する伊織に、昴がゆっくりと順を追って話し始める。

「あの時、最初は本当に、伊織がそう決めたなら仕方ないと思った。秋風があの方陣を知ってたのも、伊織がそれを俺に使おうと決めたのも、俺のためを思ってのことだ。それなら受け入れようと、そう思った」

あんたがそう決めたんなら仕方ない、と。あの時昴はそう言った。

よほどの覚悟があってのことだったのだろうから、恨んだりしない、と。

「……けど、術は失敗して、俺の記憶はそのままだった」

「なんで……、その時、言ってくれれば……」

からからに干上がった喉《のど》から、伊織はどうにか声を押し出す。すると昴は、ひょいと肩をすくめて苦笑いを浮かべた。

「待っててくれとは言えないって、そう言っただろう」

「……っ」

「俺の記憶が失くなってないと分かったら、伊織はどうしても前世に縛られちまう。だったらいっそ、俺の記憶を奪ったと思ってくれた方がいい。……そうしたらあんたは、俺を待たないで済む」

待たせたくなかったと、そう言う昴にもどかしさを覚えて、伊織は彼に思わず食ってかかる。

「そんな……、そんなこと言って、僕が記憶を失ってたら、どうするつもりで……！」

あの時伊織は、伊月と自分にもあの呪符を使うつもりでいた。伊月の言葉で思い直したけれど、本当であれば今頃自分はまた、前世の記憶を失っていたはずなのだ。

そうなっていたらどうするつもりだったのかと声を震わせた伊織に、昴はなんてことないとばかりに笑ってみせた。

「どうするもこうするもねぇさ。言っただろ？　俺はあんたにもう一度会いたくて、千年の時を越えてきたんだ。記憶がねぇなら、また一から惚れ直してもらうだけだって」

「……昴、くん……」

十年前のあの時と同じ笑みで、同じことを言う昴に、伊織は茫然としてしまう。

くんじゃねぇって、と苦笑して、昴がそっと伊織の頬に手を伸ばしてきた。

「……でも、伊織はきっと、俺のことを忘れたりしないと思った」

指の腹で伊織の頬を愛おしげに撫《な》でながら、昴はその墨のように美しい瞳を細めて言った。

「だってあの時もう、伊織は俺のことを好きだっただろう？」

「……っ、な……」

「分かるさ。俺のために、あそこまでしてくれたんだからな。好きでもなんでもなけりゃ、記憶を奪うなんて覚悟、優しいあんたができるはずがない」

やわらかい、低い声でそう断定して、昴は微笑んだ。

「伊織が俺にあの呪符を使ったのは、俺のことをそれだけ大事に思ってくれてたからだ。俺のことを、好きだからだ。それが分かったから、俺は記憶を奪われてもいいと思った。あんたの気持ちの、証だからな」

受けとめようと思ったと、そう静かに明かした彼に、全部見透かされていたのだと知る。

あの時昴は、伊織の葛藤《かっとう》もなにもかも気づいた上で、伊織の身勝手を許したのだ——。

「……っ、でも……、でも僕は、本当に君のことを忘れるつもりだったんだ！　前世のこともなにもかも、本当に全部忘れるつもりで……！」

昴の思い通りなのが悔しくて、全部分かっていて許されていたことが申し訳なくてそう声を荒らげた伊織に、昴が頷く。

「ああ、だろうな。けど俺は、自分が記憶を失ってないことに気づいた時、伊織もきっと俺のことを忘れないって確信した。俺への術を失敗したように、伊織がいくら呪符で俺のことを忘れようとしても、心の底から忘れたいと思うことはできないはずだ。だからきっと、離れても伊織は俺のことを覚えてるってな」

「そ……、んなの……」

ぐっと唇を引き結んで、伊織は目頭が熱くなるのを懸命に堪えた。何度も、何度も息を吐き出して、感情のままに叫ぶ。

「そう思うなら……、僕の気持ち知ってたなら、待ってろってちゃんと、そう言えばよかったじゃないか……！　普通、十年も前に好きになった人のこと、ずっと想い続けてたりなんかしない……！　呪符なんか使わなくたって、忘れてたかもしれないのに……！」

自分に昴を責める権利なんかないと、自分こそ最初から彼に呪符なんて使わず、待っていると言えばよかったのだと、そう分かっていても、感情がぐちゃぐちゃで、なじらずにはいられない。

こんなこと言いたくないのに、素直に嬉しいと、約束がなくてもずっと待っていたと言えばいいのにどうしてと、言った端から後悔しそうになった伊織に、しかし昴は嬉しそうに笑うばかりだった。

「普通は、な。でも、伊織は違った」

「……そんなこと、ない」

「そうか？　でも、今のはそう言ってるようにしか聞こえねぇぜ？」

立ち上がった昴が、ぐいっと伊織の手を引く。つられてイスから立った伊織は、十年前とは違う目線の高さに戸惑いつつ、昴を見上げた。

持ち上げた伊織の手を自分の唇に押し当てながら、昴が告げる。

「……俺は理を歪めた存在だし、前世の記憶もそのままある。でも、もし記憶を失っても、また生まれ変わっても、俺は必ずあんたを見つけだして、またあんたに恋をする」

「そんな、こと……」

「試してみるか？　伊織がそうしたいなら、また付き合うぜ」

目を細めて笑った昴が、ふっとその笑みをひそめる。ひたと伊織を見据えて、昴はそっと問いかけてきた。

「でも、いくら繰り返したところで同じだ。俺にはあんた以外、いない。……伊織は？」

「……分かってるくせに」

どこまでもまっすぐな、吸い込まれそうに深い黒の瞳に見つめられて、伊織は小さくそう返す。すると昴は、真剣な眼差しのまま静かに言った。

「ああ。けど、言葉にさせたい。あんたを言霊《ことだま》で縛りたい。……今度こそ」

「……っ」

「伊織、……あんたは？」

十年の、……千年の熱を秘めた瞳が、伊織を促す。

こく、と喉を鳴らして、伊織は震える唇を開いた。

「……僕にだって、君しか、……昴しか、いない」

「……伊織」

「好きだよ、昴。もうずっと、ずっと前から君のことが……、君だけが……っ、っ！」

けれど、最後まで言い切らないうちに、唇が塞《ふさ》がれてしまう。

やわらかくて熱い、優しいのに強いそれで喰《は》むように伊織の唇を啄《ついば》みながら、昴は濡れた吐息混じりに囁きかけてきた。

「ん……、好きだ、伊織……、俺も、ずっと伊織だけが、好きだ……」

「っ、ふ……っ、す、ばる……、ん……！」

覆い被さられるように抱きすくめられ、何度も角度を変えてくちづけられる。ジンジンと甘痒さを覚えるほどに貪《むさぼ》られ、確かめるように背を、腰を大きな手で撫でられて、伊織はすっかり上がってしまった息を必死に堪えながら訴えた。

「だ、め……っ、昴、ここじゃ、駄目、だから……！」

「……っ、ん……」

喉奥で低く唸《うな》った昴が、名残惜しげにぺろりと唇を舐《な》めてキスを解く。

自分よりも熱くて大きい舌にくらくらと目眩《めまい》を覚えながら、伊織はその腕にしがみついて呼吸を整えた。

（い……、今の、なんか……、なんかすごく、獣っぽかった……）

藤墨の時にも、こんな激しくくちづけられたことはなかったんじゃないだろうか。

赤い顔でそんなことを思っていると、上から少しムッとしたような声が降ってくる。

「……しょうがねぇだろ。十年前からずっと、あんたにこうしたかったんだからな」

「十年前からって……」

あんな幼気な少年だったのにと思いかけて、思い出す。

「……そういえば、僕のこと押し倒そうとしてたこと、あったね」

「押し倒せなかったけどな……」

むすりと、拗《す》ねたような顔つきで唸る昴に、伊織は思わず笑ってしまった。

「はは、そうそう、そうだった！　可愛かったなあ、あの時の昴くん」

「可愛かったって、……あんたなあ……」

本人目の前にして言うか、とますます拗ねかけた昴が、ふっと瞳をなごませる。

「……まあいいか。伊織のそんな顔が見れるんなら」

いくらだって笑え、と苦笑した昴が、ふと顔を上げてああ、と呟く。

「……雨、上がったな」

「え……」

振り返ると、降り続いていた雨はいつの間にか上がり、ゆっくりと開けていく雲間から太陽が顔を出すところだった。

キラキラと水滴が輝く校庭に、細い虹がかかる。

「わ……」

歓声を上げて窓に歩み寄り、その美しい七色の光を見つめながら、伊織は呟く。

「……君と、同じだ」

「ん？　なにがだ？」

伊織の後ろから歩み寄ってきた昴が、首を傾《かし》げる。

背後を振り返って、伊織は声を弾ませた。

「虹。雨の光、だろ？」

「……っ」

伊織の一言に目を瞠った昴が、ややあってかすれた声で頷く。

「……ああ」

「そう思うと、秋も悪くないな」

長雨の後に、こんなに綺麗な虹が見られるのなら。

そう微笑んだ伊織を、昴が後ろから抱きすくめてくる。

「……そうだな」

本当に、と噛《か》みしめるように呟いた昴の手に自分の手を重ねて、伊織はじっと虹に見入った。

月の出ている夜には決して見られない、美しい光。

長い雨を、永い時を越えてようやく手にしたその恋を、伊織はぎゅっと、握りしめたのだった——。

上がって、と言う間もなく背後から回された長い腕に、伊織はびくっと肩を震わせた。

「す……」

最初の一字すら発する間もなく後ろを向かされ、唇を奪われる。噛みつくようなくちづけに思わず口を開けば、熱い吐息と共に舌が今までで一番深い場所に触れてきた。

「……っ、ん……！」

びくりと跳ねた肩を押さえ込む手が、服越しにも分かるほど熱い。待てない、と言葉より雄弁に語る指先に体の向きを変えられ、そのまま玄関の壁に背を押しつけられて、伊織はぎゅっと目を瞑《つむ》ったまま、下げていたコンビニの袋をぎゅっと握りしめた。

新居が決まるまでしばらくビジネスホテルに泊まるつもりだと言う昴に、伊織は自分の暮らすアパートに泊まるよう勧めた。滞在費を少しでも浮かせた方がいいだろうと思ったのだが、昴は伊織の提案を聞いた途端、すっと表情を消して問いかけてきた。

あんたと同じ部屋で寝泊まりするとなったら、到底堪えられる自信がない。それでもいいのか、と。

率直なその問いかけに少し躊躇いつつも、いいよ、と恥ずかしさを堪えて頷いたのが、つい数時間前。

帰りの車中では、離れていた時間を埋めるようにいろいろなことを話したけれど、次第にどちらからともなく言葉数は少なくなっていった。昴も意識しているのだと思うと恥ずかしくて、でも嬉しくて、緊張しながら鍵を開けたのはつい数秒前だというのに、もうこんな深いキスをしてしまっている――。

「す、ばる、く……っ」

「……昴」

キスの合間を縫ってもつれそうな舌で名前を呼ぶと、不機嫌そうな声が返ってくる。呼び方にこだわる年下の恋人が可愛くて、思わずくすっと唇をほころばせると、仕返しのようにきつく舌を吸われた。

「……っ、ん、は……っ」

千年前よりも激しい、獣のようなキスに、あの時よりも彼が若いことを思い知らされるようで、目を閉じているのに目の前がくらくらする。翻弄《ほんろう》されるばかりのそれに、秋風だった時にはできていたはずの息継ぎの仕方が分からなくて、伊織はぬるりと絡んでくる熱にぞくぞくと背筋を震わせながら必死に訴えた。

「ん、昴……、くる、し……」

「……っ」

ハッとしたようにくちづけを解いた昴が、熱く潤んだ瞳で見つめてくる。

「……悪い。がっついた」

大丈夫か、と聞くその様子は、しょげた犬のようだ。伊織は微笑んで、その腕をぽんぽんと叩《たた》いて言った。

「大丈夫。でも、ちゃんとシャワー浴びてからにしよう?」

「そんなの待てな……」

「待って。……ご飯は後でも、いいから」

途中で寄ったコンビニで買い込んだ夕食は、二人の間でちょっと潰《つぶ》れてしまっている。

苦笑しつつ靴を脱いだ伊織は、コンビニの袋を食卓代わりにしているローテーブルに置くと、くつろいでいてと言い置いて先にシャワーを済ませた。

パジャマを着て部屋に戻り、昴に声をかける。

「お待たせ。お湯張ったから、ゆっくり……」

「……すぐ出る」

伊織が皆まで言うより早く立ち上がった昴が、すれ違いざま唇を盗み、さっと浴室に向かう。じりじりと焦りのような欲を孕《はら》んだ瞳と熱い唇の生々しさに、伊織は思わず顔を赤くしてしまった。

(……ご飯、今日中に食べられるかな)

藤墨との行為の記憶があるからある程度の心構えはできているつもりでいたけれど、あの時よりも十歳も若い昴は、ピリピリするような欲情の気配を滲《にじ》ませている。それに、いくら記憶があるとはいえ、考えてみたら伊織自身はまったくの未経験なのだ。

（昴も多分、初めて、だよね……）

思い当たった途端、うわあ、と叫びたくなるような訳の分からない衝動が込み上げてきて、伊織はタオルを被ってその場にうずくまってしまった。

（う……、嬉しい、けど……、けど……！）

今更ながらに緊張し、頭を抱えてしまった伊織だったが、その時、背後から怪訝《けげん》そうな声が降ってきた。

「……なにしてんだ、伊織？」

「え……、……っ」

どうやら昴はもう出てきてしまったらしい。腰にバスタオルを巻いただけで、綺麗に筋肉のついた上半身を惜しげもなく晒《さら》している彼に、伊織は思わず真っ赤になってしまった。

「ちょ……っ、ふ、服！　なにか服着てよ……！」

「伊織こそ、なんでパジャマ着込んでんだ。髪も洗ってるし……。ドライヤーは？」

不機嫌そうに唸った昴が、近くにあったドライヤーを見つけて取り上げ、伊織の後ろに座り込む。

「あ……、じ、自分で……」

「いいから」

長い足の間に挟まれるようにして抱え込まれ、髪を乾かされる。自分と同じボディソープの香りがする肌にどぎまぎしながら、伊織は丁寧に髪を梳《す》く長い指先に頭を預けた。

ブオオ、と耳元で響く風の音に、少しずつ気持ちが落ち着いてくる。

(……そういえば、雨光《うこう》も秋風さんの世話を焼くのが好きだったっけ)

思い出して小さく微笑むと、気づいた昴がドライヤーの風を弱くして問いかけてきた。

「悪い、熱かったか?」

「ううん。……雨光の時も、よく世話を焼いてくれたなあって」

懐かしむように言った伊織に、昴が黙り込む。どうかしたのかと思いかけたところで、昴が呟いた。

「……自信がなかったんだろうな」

「え……」

思いがけず沈んだ声に振り向こうとすると、前向いてろ、と元に戻される。

伊織の髪を乾かしながら、昴が続けた。

「単純に世話を焼くのが楽しかったってのはあるが……、多分それ以上に、秋風に好かれてる自信がなかったんだ、俺は。秋風は確かに俺のことを好いてくれてたが、……どこかで一歩、引いているようなところがあったから」

「あ……」

その言葉に、伊織は最初に思い出した二人の記憶を思い返す。

『それとも、俺と暮らすのは嫌か？』

『……っ、そうじゃない。ただ……』

あの時の言葉の続きを、秋風は雨光に伝えることなく亡くなってしまった。

本当は自分も朝まで一緒にいたいと、叶《かな》うことならずっと一緒にいたいと、そう思っていたことも、伝えられなかった。

「秋風さんも……」

口を開いた伊織に、昴がカチリとドライヤーを切る。シンと静まりかえった部屋で、伊織は昴に背を向けたまま告げた。

「……秋風さんも、自信がなかったんだ。……雨光と一緒で」

「……秋風も？」

聞き返した昴に頷いて、伊織はくるりと体ごと彼を振り返った。

千年前から変わらない、墨のように涼やかな瞳を見つめて、告げる。

「いくら三日夜の儀式をしても、自分たちは男同士だ。本当に夫婦になれるわけじゃない。雨光と添い遂げるのが自分で本当にいいのか、彼みたいな才能のある陰陽師《おんみようじ》の血を残さないでいいのか、悩んでいたんだ」

帝の意向を伝えられたから、というだけではない。

雨光と共に怨霊《おんりよう》を退治し、彼の類《たぐ》い稀《まれ》な力を目の当たりにすればするほど、その悩みは深くなった。

彼の伴侶《はんりょ》が自分で、本当にいいのか。

彼の為を思うのなら、自分は彼を突き放すべきではないのか。

自分は彼を、幸せにできるのか。

（……秋風さんはその答えを出せないまま、悩みを雨光に打ち明けられないまま、あの呪符を書いた罪悪感を抱えて亡くなってしまった）

けれど、と一度静かに目を閉じて、伊織は再度目の前の恋人を見つめた。

自分は彼に、想いを伝えられる。

そしてもう、迷いはしない。

「この先きっと、僕も同じことで何度も悩むんだと思う。僕でいいのか、君にはもっとふさわしい人がいるんじゃないかって。……けど、それでも僕は君と、……昴と、一緒にいたい」

手を伸ばした先には、もう自分よりずっと大きな手があった。

あたたかいその手をぎゅっと握って、伊織は告げる。

「……ちゃんとお礼、言ってなかったよね。僕を追いかけてきてくれてありがとう。もう一度好きになってくれて、ありがとう。僕も君が、昴が、好きだよ」

だから、と繋《つな》いだ手に力を込めて、伊織は昴に笑いかけた。

「一緒に暮らそう、昴。……これから先も、君とずっと、一緒にいたい」

「伊織……！」

目を見開いた昴が、勢いよく伊織を抱きしめてくる。

「好きだ……！　好きだ、伊織、好きだ……！」

抑えきれないように何度も繰り返しながら、昴が伊織に唇を重ねてくる。

がむしゃらで熱い、けれどどこまでも純粋に自分を求めるそのキスと強い抱擁に、伊織は思わず笑ってしまった。

「ん、昴……っ、返事、は……？」

「……っ、向こうに残してきた荷物、明日ここに全部送るように手配する……！」

「ふは、ちょ……っ、それはやめて！　ここに二人は狭い……、ん、こら……っ」

すっかり夢中になって伊織の首筋にくちづけながら、昴がぎゅうぎゅう抱きしめてくる。まるで飼い主に甘える大型犬のようなそれにくすぐったいと苦笑しながら、伊織は昴の首筋にぎゅっと抱きついた。

「昴の大学と、僕の職場と……、ちょうどいいところの部屋を、二人で探そう？　もちろん、昴のご両親にも許可を取って」

恋人同士ということを打ち明けるのはまだ先になるだろうし、それを受け入れてもらえるかどうかは分からないけれど、なにがあっても彼と一緒にいるつもりだ。

ひとまずはホームステイのような形でと、そう思った伊織だったが、昴はニッと笑って思わぬことを言い出す。

「ああ、それなら問題ないと思うぜ。うちの両親には、俺が伊織を好きだってことはとっくに伝えてあるからな」

「……っ、え⁉」

「確かハイスクールに通い出した頃だったな。恋人はいないのかって聞かれたから、俺が好きなのはもうずっと伊織だって話した」

「は……、話し、た……？」

驚いた伊織に、ああ、と昴が事も無げに頷く。

「二人とも海外暮らしが長かったし、ゲイの友達もいるからな。うまく行くといいねって、それだけだったぜ。今回のこの留学も、やっと告白できるんだから、しっかり初恋を実らせて来いって言われたくらいだしな」

「実らせてって……」

思いも寄らなかったことを告げられて、伊織は混乱してしまった。

「ちょ……、ちょっと待って。じゃあおばさんたち、ずっと知ってて……？」

「ああ。だって俺は、なにがあってもまた伊織と恋人になるつもりだったからな。根回しは早いに越したことないだろ」

「………」

衝撃のあまり言葉を失くしてしまった伊織に、昴が軽くキスを落として言う。

「伊織んとこのおじさんおばさんにも、いずれちゃんと筋を通す。もちろん、伊織が話してもいいって気持ちになってからだけどな」

「……昴」

「だから、なにも心配するな。あんたの不安は、俺が全部取り除いてやるから」

な、と伊織の瞳を覗《のぞ》き込んで、昴が笑う。優しいその笑みに、ふわりと胸の奥があたたかくなって、伊織はふっと肩の力を抜いて微笑んだ。

「……うん。ありがとう、昴」

お礼を言うと、なにも、と嬉しそうに目を細めた昴が、また首筋に幾度もくちづけてくる。じゃれるようなそれがくすぐったくて、身をよじって小さく笑っていた伊織だったが、パジャマの裾から忍び込んできた手にするりと脇腹を撫で上げられたところで、慌てて昴を押しとどめた。

「……っ、昴、駄目」

「……なんでだよ」

大型犬から狼へと変貌《へんぼう》した恋人が、焦《じ》れたように唸る。余裕のない表情が可愛くて、伊織は思わず笑ってしまいながら、そうじゃなくてと頭を振った。

「ここじゃなくてベッド、行こう？　ほら、こっち」

「……くそ、なんかさっきからあんたばっかり余裕じゃないか？」

悔しそうに言いつつも、昴が渋々手を引っ込める。ワンルームのアパートは数歩歩けばもうベッドなのに、その短い距離さえもどかしそうな彼に、伊織は少し緊張しながら告げた。

「そんなことない。僕だって、秋風さんの記憶はあるけど、その……、初めて、なんだから」

本当にずっと昴のことだけ想っていたと知られるのは少し恥ずかしく、この年まで誰の肌の熱も知らないなんて重いと思われたらと思うと、怖くもある。

それでも、自分も余裕なんてないと伝えたくて辿々《たどたど》しく言葉にした伊織に、昴が途端に嬉しそうに顔をほころばせる。

「すげぇ、嬉しい」

「……重く、ない？」

「千年前からあんたを追いかけてきた男が、そんなこと思うと思うか？」

「……思わない、けど」

それでも不安なのだと言葉尻を濁すと、昴が苦笑して言う。

「まあ、これからはそんな不安感じる隙《すき》なんてやらねぇから、覚悟してくれ。今日はさすがに俺も余裕ねぇけど……、……なるべく優しく、するから」

「……ん」

緊張しながらもこくりと頷くと、昴が部屋の照明を落として、そっと肩を押してくる。あ、と思う間もなくころりとベッドの上に転がされ、伊織はぎゅっと目を瞑った。

小さな常夜灯だけが点いた薄暗い中、覆い被さってきた昴が顔のあちこちにキスを落としながら、伊織のパジャマを脱がせていく。

ボタンが外されるにつれ、どうしても体が強ばってしまう伊織の唇を啄みながら、昴は甘い声で囁きかけてきた。

「ん……、怖くないからな、伊織」

「別、に……、そんなこと、言わなくても……」

自分には秋風として雨光と愛し合った記憶があるのだからと、そう思った伊織だったが、昴はそれに苦笑を零《こぼ》した。

「いくら記憶があったって、実際の感覚とは違うだろ。それに、俺が伊織を大事に抱きたいんだ。俺を十年も待ってくれてたあんたに、怖い思いも痛い思いもさせたくない」

「……僕は待ってないよ。待ってくれてたのは昴、……君の方だ」

昴が記憶を失っていると思っていた自分と違って、彼はすべてを承知で十年を耐えてくれた。

そう思うと胸が締め付けられるように苦しくて、でも嬉しくて、たまらなくなる。

「僕も君のことを、大事にしたい。……ううん、大事にする。ずっと、……一生」

精一杯の気持ちを伝えたくて、伊織は懸命に腕を伸ばして、ぎゅっと抱きしめ返した。ああ、と耳元で嬉しそうに頷いた昴が、笑みを含んだ声で優しく囁く。

「俺もだ、伊織。俺も一生、あんたを大事にする……」

蕩《とろ》けてしまいそうなほどやわらかな声にふにゃりと体の力が抜けていく。そのまま耳朶《じだ》や首筋を唇でくすぐられながらゆっくり腕や肩を撫でられて、伊織は小さく息を乱した。

「ん……、は、んん」

熱い肌が、指先が、唇が気持ちよくて、だんだん思考がふわふわしてくる。

耳たぶを吸われて、そのくすぐったさに思わず身をよじると、逃げるなとばかりに舌先が追いかけてきて、耳殻を舐め上げられて。

「ん……っ」

ぞくぞくと背筋に走る甘い痺《しび》れに声を押し殺す伊織に、ふっと昴が笑みを零す。

「我慢しても無駄だぞ、伊織。あんたの好きなとこなら、とっくに知ってる」

「……っ、あ、んんっ」

初めてだけど、初めてじゃないからな。

そう言って小さく笑った昴が、伊織の耳朶にやわらかくかじりついてくる。唇と歯で甘噛みされ、尖《とが》らせた舌で耳孔をくすぐられて、伊織はたちまちあえかな声を漏らした。

「ふあ……っ、あ、あ……っ」

「ん……、好きだ、伊織」

すきだ、と繰り返し囁きながら、昴が胸の尖りに手を伸ばしてくる。無防備なそこをくすぐる熱い指先に、伊織はぎゅっとシーツを握りしめた。

「あっあ……っ、す、ばる……っ」

今まで自分でもほとんど触ったことのないような場所なのに、昴の指がほんの少し掠《かす》めるだけでどうにかなりそうなくらいの快感が走る。

ぷっくり膨れたそこはジンジンと強い疼《うず》きを覚えるほどで、知らないのに知っているその感覚が少し怖くて、それなのにもっともっと触れて欲しいと思ってしまって。

「そ、れ……っ、それ、変……っ、変に、なる……っ」

「……ん、なっていいぞ。大丈夫、ちゃんと可愛い」

甘い睦言《むつごと》が恥ずかしいのに、熱に浮かされたような声に滲む興奮の色から恋人も欲情してくれていることが分かって、安堵が込み上げてくる。

昴も自分を欲しいと思ってくれている。それが、嬉しい――……。

「あの、昴……、……キス、したい」

おずおずとねだると、ふっと瞳を和ませた昴がすぐにくちづけてくれる。

ちゅ、とやわらかく押しつけられるそれを吸い返し、伊織は小さく唇を開いた。甘く解けたそこにそっと舌を潜り込ませながら、昴がきゅっと指先で尖りをつまんでくる。くりくりと指の腹で優しく転がされながら、焦らすようにねっとりと唇の内側を舐め上げられて、伊織はたまらず身をよじった。

「んやっ、あっ、んんっ」

濡れた高い声が恥ずかしくて、自分から懸命に舌を絡ませ、広い肩にすがりつく。けれど、カリカリと爪の先で軽く引っかかれると、どうしても声が堪えきれない。

「んあっ、や……、やだ……、は、んん」

ピンと爪先を伸ばした伊織の腰が、自然と浮く形になる。密着していたせいで、下着越しのそこが昴の腿《もも》に触れてしまって、伊織はカアッと顔を赤らめた。

「……っ」

慌てて腰を引こうとするが、それより早く、昴が自分の腰に巻いていたタオルを取って苦笑する。

「……安心しろ、伊織。俺ももう、こんなだ」

「ぁ……」

ぐり、と押しつけられたそれは、伊織と同じでもう熱く硬い。こく、と喉を鳴らした伊織にすうっと目を細めた昴が、下唇を甘噛みして聞いてきた。

「全部脱がせていいか？　直接触りたい」

「う……、ん」

頷いた途端、嬉しそうに微笑む恋人に、目の前がくらくらする。ちゅ、と伊織の目元にくちづけながら、昴は伊織の下着に手をかけて言った。

「伊織、足曲げられるか？　ん、そうそう」

「……っ」

甘やかすような声に膝を曲げると、するりと足首から下着が抜かれる。

ベッドの下に下着を落とした昴は、自分のそれを握ると伊織の幹を先端で撫で上げてきた。

「あ……っ、んっ、んんっ」

なんてことをするのかと目を見開いた伊織をじっと見つめて、昴がぺろりと唇を舐める。

「っ、は……、頭が沸騰しそうだ」

苦笑を滲ませてはいるものの、その真っ黒な瞳はまるで獣のように爛々《らんらん》と光っている。

生々しい欲情を浮かべたその目に、ぬるぬると擦り合わされる熱茎に、一気に腰が甘く、重くなって、伊織は昴に強くしがみついた。

「すばる……っ、昴……っ」

「……ん、一緒に気持ちよくなろうな」

低くて優しい、いやらしい声にもう言葉が出なくて、こくこくと必死に頷くと、恋人の笑みが深くなる。自分のそれより太く長い雄と一緒に大きな手で扱《しご》き立てられて、伊織はあっという間に快楽でぐちゃぐちゃになってしまった。

「んあ……っ、あっあっ、あ……！」

「……っ、伊織」

伊織が甘い啼《な》き声を響かせた途端、押しつけられた雄がぐっと勢いを増し、ますます熱く猛《たけ》る。覆い被さられた体勢のせいで、根元の蜜袋が一層重く張りつめたことにまで気づいてしまって、伊織はぶるりと肩を震わせた。

「ひうう……っ、あ、ん、んんん！」

知らないはずの快楽を知ってしまっている後孔が、ひくひくと疼き出す。

この熱で穿《うが》たれたい。

奥まで貫かれて、この熱を注がれたい——……。

「ん、は……っ、あ、あ……」

知らず知らずのうちにねだるように腰を揺らす伊織に気づいた昴が、ごくりと喉を鳴らす。

ぬめる伊織の花茎の先端を、指の腹であやすように撫でさすりながら、昴はかすれた声で囁いてきた。

「……伊織、うつ伏せになれるか」

「……？　うつ伏せ……？」

快楽にとろんとしながら聞き返すと、昴が伊織の腰を優しくさすりながら促す。

「ああ、こっち、馴《な》らすから」

「なら、す……、……っ」

そう言われてようやく、昴が次の行為に進もうとしていることに気づく。しかし、改めてそんなところに触れられると思うと怖じ気づいてしまって、伊織は言い淀《よど》んだ。

「そ……、それなら、自分で……」

「なに言ってんだ。そんなの駄目に決まってんだろう」

苦笑した昴が身を起こし、枕元のクッションに手を伸ばす。視線だけ上げた伊織は、昴がクッションの下からなにかを取り出すのに気づいて驚いた。

「え？　な、なにそれ……、なんでそんなところに……」

「さっきコンビニに寄った時にちょっと、な。伊織がシャワーに行ってる間に置いた」

昴が手にしていたのは、避妊具と思《おぼ》しき四角い箱と小さなジェルのボトルだったのだ。どうやら夕食を買いに寄ったコンビニで、いつの間にか調達していたらしい。

「日本のコンビニは、本当になんでも扱ってて便利だよなあ」

のんびりと言った昴が、ボトルの封を切り、ジェルを自分の手に取る。とろりとした透明なそれを目の当たりにして怯《ひる》んだ伊織だったが、昴は再び伊織に覆い被さると、ちゅ、と口元にキスを落としてねだってくる。

「……な、せっかく用意したんだから、俺にさせてくれ」

「で、も……」

「あんたの体を傷つけたりしないし、痛くもしない。……知ってるだろう？」

ちろりと流し目を送られて、伊織は真っ赤になってしまう。

自分がそこで快楽を得てしまうことを、初めてなのにその快楽を欲しがっていることを、見透かされてしまっている――。

「て……、手加減、してね……?」

そういえば雨光はいつもしつこいくらい丁寧に前戯をして、秋風からねだらせるのが好きだった。思い出してついそう念押ししながら、強ばる体をぎこちなく動かしてうつ伏せにした伊織に、昴が苦笑を零す。

「なんだ、信用ねぇな。いつもちゃんとよくしてやってただろうが」

「て……、適度でいい……、っ」

皆まで言い終わる前に、ぬるりと滑る指先が双丘の狭間《はざま》に潜り込んでくる。きゅっと窄《すぼ》まったそこに小さく笑って、昴は伊織の肩先にキスを落としてきた。

「……力、抜けるか?」

「っ、む、り……」

「ん、分かった。じゃあしばらくこのまま、な」

伊織の胸元にもう片方の手を潜り込ませた昴が、硬く尖ったままの胸の先を優しく撫でながら、うなじにくちづけてくる。痕が残らない程度にやわらかく吸い、ぺろりと舐めては甘噛みしつつ、昴はゆっくりゆっくり、指先で円を描くようにして伊織のそこにぬめりを馴染ませていった。

「……っ、ごめ、ん」

手間をかけさせていることが申し訳なくて謝ると、昴がくすりと笑う。

「嬉しいって言っただろ。伊織が謝ることなんて、なんもねぇよ」

伊織の背にキスを落としながら、昴がやんわりと指の腹に力を入れる。くちゅくちゅと襞《ひだ》をくすぐる指先に伊織が思わず息を詰めると、昴はそれ以上無理はせず、また入り口をそっと撫でるだけの動きに戻した。

「焦らなくていいからな、伊織。ゆっくり思い出してくれりゃ、それでいい」

その言葉通り、くるくると円を描く昴の指先はどこまでも優しい。

けれど、伊織の腿にかすめる雄茎は熱いままで――、伊織はこくりと喉を鳴らすと、身をよじってそこに手を伸ばした。

「っ、伊織」

「……僕も、する」

「いや、でも」

焦ったように腰を引こうとする仕草にムッとして、体を昴の方に向ける。ぎゅっと猛る雄を握って、伊織は昴に詰め寄った。

「い……、一緒に気持ちよくなろうって、昴が言ったんじゃないか」

「それは……、けど」

「僕も、昴に触りたいよ……」

「……っ」

本心からの一言を告げれば、昴が複雑そうな顔つきで呻《うめ》いた。

「あんまり煽《あお》るなよ……」

優しくできなくなりそうだろうがと唸った昴が、はあとため息をついて、こつんと額を合わせてくる。

「……分かった。なら、足こっちに乗せろ」

俺も触るから、ともう一度手にジェルを取り、伊織の手にぬるりとなすりつけてくる。驚く伊織に、昴はニヤッと悪戯《いたずら》っぽい笑みを向けて言った。

「それで俺のこと、気持ちよくしてくれ。あんたの手で、な」

「う……、うん」

からかうような笑みに、早まったかなと少しだけ後悔しつつも、伊織は昴のそれをそっと握った。熱く反り返る太茎を撫でて、そろりと聞いてみる。

「……気持ち、いい？」

「ん、すげぇいい。……俺も触るから、な」

この格好だとキスできるな、と笑った昴が、伊織の唇を啄みながら再度指先を奥に忍ばせてくる。ぬるぬると滑る指先に、伊織は今度は意識してそこの力を抜いてみた。すぐに気づいた昴が、そっとくちづけを解いて瞳を覗き込んでくる。

「無理しないでいいんだぞ、伊織」

「だ、いじょう、ぶ……」

「……じゃあちょっとだけ、入れるな」

ちゅ、と鼻先にキスを落とした昴が、言葉通りほんの少し、指先を押し込んでくる。

ジェルに濡れそぼったそこはすでにやわらかく溶け始めており、昴の指をちゅぷんと素直に受け入れた。

「ん……っ」

「……痛くないか？」

「平、気……」

ほんの爪の先しか入れていないのだろう。痛みどころか、たいした違和感も苦しさもない。

「大丈夫、だから」

もう少し、と続きを促して、手の愛撫《あいぶ》を再開させる。ジェルをまぶすようにして強めに扱き立てると、は、と息を上げた昴がやわらかく目を細めて呟いた。

「……じゃあもう少し、な」

ちゅう、と伊織の下唇を吸い上げて、そのままかぷりと歯を立てる。ふにふにと弾力を楽しむように甘噛みしながら、昴はゆっくりゆっくり、指先を潜り込ませてきた。

「ふ、ん……、う、ん、ん」

徐々に強くなる違和感に眉を寄せると、昴が低い声で囁きかけてくる。

「ん……、声出せ、伊織。その方が楽だって知ってるだろ。ほら、恥ずかしくないから」

唆《そそのか》す声にそんなことないと思うのに、優しく唇を吸われながら浅い場所をくちゅくちゅ掻き混ぜられると、どうしても声が漏れていってしまう。

「あ……、んんっ、あ、あ……」

「ん、いい声になってきたな。……もうちょっと奥、頑張れるか？」

「ん……っ、うん、あ……っ、あ、あ……！」

頷くと嬉しそうに微笑むから、ついもう少し、もう少し平気、と自分から促してしまう。昴はその度にくすくす笑って、甘いキスと囁きを落としてくれた。

「好きだ、伊織、……愛してる」

「ん……！」

肩をびくびく震わせながらも懸命に昴の雄茎を愛撫し続けていた伊織だが、その一言には思わずぎゅっと手の中のものを握りしめてしまう。ん、と息を詰めた昴が、楽しげに目を細めて言った。

「……やったな？　それなら……」

「え、い、今のは……っ、んんっ」

不可抗力で、と言い終わる前に、中を探った指が伊織の性器の裏側に辿り着く。少し膨らんでいるそこをぬるりと撫で上げられた途端、腰の奥に甘い痺れが走って、伊織はびくんっと大きく体を跳ねさせた。

「うあ……っ、あっあっ、やっ、すばっ、昴っ、そこ、や……！」

「っ、やじゃねぇだろ。……ん」

器用に腰をよじった昴が、伊織の花茎に自分の先端を擦りつけてくる。ぬるう、と滑る熱い雄茎に、伊織は思わずぎゅっと目を瞑ってしまった。

「あっ、あ……！」

「これ、あんたのはジェルじゃない、よな？」

ふっと笑った昴が、ぬくぬくと指先だけを前後させて、伊織の前立腺をくすぐり出す。剝《む》き出しの性感を、ねっとりと甘く舐めしゃぶられるようなその快楽に、伊織は目を瞑ったまま必死に頭を振った。

「だ、め……っ、それ、だめ……！」

「は……、たまんねぇな。……もう痛くねぇな？」

「っ、な、いけど……っ、ふ、あ、んん……っ」

初めから痛みなんて欠片《かけら》もなかったけれど、時間をかけて蕩かされ、そこでの快感を完全に思い出させられた隘路《あいろ》は、ちょっと怖いくらい敏感になってしまっている。

「も……、もう馴らすの、い……、から……、だから」

「あ、こら」

身をよじって逃げようとした伊織を窘《たしな》めて、昴が一度指を引き抜く。んっと息を詰めた伊織を仰向けにした昴は、少し体を下げて胸元にキスを落としながら伊織の足を大きく開かせた。ぎゅっとシーツを握りしめる伊織に、苦笑を零す。

「だから、あんたが摑《つか》まるのはこっちだって」

いつかと同じことを言いながら伊織の腕を自分の首に回させ、もう一度ジェルを足した指を今度は二本、押し当ててくる。

「こんなんじゃまだ馴らし足りないに決まってるだろ。いいとこ弄《いじ》ってやるから、いっぱい可愛い声聞かせろよ、伊織」

「や……、も、いい……っ、も……っ、んんっ、は、あ、あっ、あ！」

ちゅ、と頰にくちづけられながら揃《そろ》えた指を押し込まれて、伊織はあられもない声を上げた。すぐに先ほどの前立腺を探り当てた昴が、二本の指で交互に押し揉《も》みながら、くすくすと笑みを零す。

「やじゃないだろ、……ほら」

ぬうっと深くまで入ってきた指が、奥のやわらかな部分を搔《か》き混ぜる。体の中でぐちゅぐちゅと上がる淫音に、伊織は羞恥《しゅうち》のあまり唇を引き結んだ。ふっと笑った昴が、啄むようなキスでそれを解きながら言う。

「ん、声聞かせろって言ってるだろ。ここもちゃんと感じるって、何度も教えてやったろうが。……こうやって」

「んんっ、あっ、あ、あ……！」

指のつけ根まで全部押し込んだまま、奥ばかりを狙《ねら》ってぐっぐっと突き上げられる。打ち付けられ、揺さぶられるような感覚に、指よりも長い、熱い、太い、気持ちいいものをどうしたって思い出さずにはいられなくて、伊織は必死に頭を振った。

「んやっ、や……っ、やあ……っ」

「……強情だな。あんたのここは、もうとっくに気持ちいいって言ってんのに」

「言って、な……っ、ん……！」

そんなことないと頭を振るのに、深く唇を重ねた昴が伊織の言葉を奪って、後孔に埋めた指をゆっくりと引き抜いていく。やわらかな内壁を、膨れ上がった前立腺を、性感帯にされた入り口をくちゅくちゅくすぐられながら可愛がられて、伊織は声にならない声を上げた。

「ん、ん……っ、んんー……！」

快楽しか与えられたことのないそこが、甘えるように昴の指にしゃぶりついてしまう。ゆっくり抜け出て行こうとする指をなんとか引き留めようと、きゅうきゅうと吸いつく後孔の淫《みだ》らさに、伊織はぎゅっと強く目を瞑った。

「ん……、な？」

いいって言ってるだろ、と低く笑った昴が、からかうように中から隘路を押し開き、ぐちゅりと粘膜を撫でて言う。

「もう一本、指、欲しいよな、伊織？」

「っ、あ……」

「……な？」

墨のように真っ黒な瞳が、じっと自分を見つめてくる。

強く、強く焦がれるようなその瞳を見つめ返して、伊織は頭を振った。

「い、や……」

伊織の答えを聞いた途端、昴が苦笑を浮かべる。

「……まだ駄目か」

「ちが……っ」

ふっと、少し寂しげに笑う昴の腕を摑んで、伊織は告げた。

「抜いちゃ、や……っ」

「……伊織」

目を見開いた昴に、自分はなんて恥ずかしいことを言っているのだろうと思うけれど、火をつけられてしまった体の疼きがもうとめられない。

　――それに。

「……か、ら……っ」

　快楽に震える指先で、それでも必死にしがみつく。濡れた瞳で昴を見上げて、伊織はかすれる声を懸命に紡いだ。

「も……っ、ちゃんと好き、だから……っ！　だから、もう……っ、欲しがらせなくてもいい、から……っ」

　いつも必ず秋風が自分を欲しがるまで焦らした、雨光。

　彼に、この人に、ちゃんと自分の気持ちを信じて欲しい。

「そんな……、そんなこと、しなくても……っ、僕はもうずっと、ずっと君が、欲しいんだから……！」

「……っ、伊織……！」

　大きく息を呑んだ昴が、伊織の唇を奪う。

　技巧もなにもかも忘れたように、ただがむしゃらに唇を、舌を、全部を貪る恋人を、伊織は無我夢中で抱きしめ返した。

「ん！　んんっ、んー……！」

　三本に増えた指が、奥まで一気に潜り込んでくる。早く、と急《せ》かすようにそこを押し開きながら、もどかしそうに、焦れったそうに幾度も熱い吐息を押し殺そうとする昴に気づいて、伊織はくちづけの合間に切れ切れに訴えた。

「も……っ、んんっ、もう、昴……！」

「……ん」

瞳を欲情に光らせた昴が、言葉少なに頷き、ゆっくりと指を引き抜く。

先ほど枕元に転がしていた避妊具を取ろうとする彼の手を押しとどめて、伊織はその指先にくちづけた。

「ん……、しなくて、いい」

「……いいのか？」

少し驚いたように、けれど嬉しそうに確認してくる彼に頷いて、伊織は目を伏せた。

「だって前は……、なかった、し」

それにもう、待てない。

昴だけに聞こえるような声でそっと告げると、一瞬目を瞠った彼が顔をほころばせる。

「……ああ、俺ももう、待てない」

ちゅ、と伊織の指先にお返しのようにキスを落とした昴が、後孔に雄蕊《ゆうずい》をあてがってくる。

そのままぐっと体重をかけられて、伊織は昴の肩に手を伸ばした。

「あんたの全部、……俺が、もらう」

「……うん。あ……、ん、んん……っ」

「は……っ、伊織……」

ぐぷ、と狭いそこを押し開いた雄茎が、そのまま奥へと進んでくる。

指とは比べものにならないその熱に、質量に、伊織は昴にしがみつき、懸命に息を吐き、体の力を抜いた。

「は、ん……っ、は、は……っ」

「伊織……、っ、好きだ、伊織」

何度も、何度も繰り返し囁きながら、昴が少しずつ腰を押し進めてくる。

うん、うんと頷き返すのが精一杯で、でもきっと思いは伝わっていると、そう信じながら、伊織は昴の熱を受け入れていった。

「……っ、は……、ん、入ったぞ、伊織」

「ん、ん……っ、ぜ、んぶ……？」

問いかけると、ああ、と嬉しそうに目を細めた昴が唇を重ねてくる。伊織の性器を長い指で包み込んであやしながら、ちゅ、ちゅ、と角度を変えて幾度かキスを落とした後、昴は熱い吐息混じりに問いかけてきた。

「ん……、平気か？　しばらくこのまま、な」

「……昴は？　平気？」

昴の方こそ無理をしているのではないかと心配になって聞くと、昴が苦笑を浮かべる。

「平気、ってことにしといてくれ。言ったろ。大事に抱きたいって」

「……ん」

頷いて微笑み返すと、蕩けそうに甘い顔をした昴が腕を回してくる。そのままぎゅっと抱きしめられ、擦り合わせるようにしてキスをされて、伊織はやわらかな唇を吸い返した。

「ん、は……っ、ん、ん」

いっぱいに開かれた体の奥は苦しいけれど、ようやくこうして繋がれたことが嬉しくて嬉しくてたまらない。伊織は恋人の熱い肌を抱きしめ返して、そのなめらかな舌に舌先を絡めた。

「ん……、伊織、……もう少し我慢、な」

まだ無茶はできないと分かる狭いそこは、けれど恋人の熱に愛される快楽をもう知ってしまっていて、早く早くとひくついて雄を誘う。それを全部分かっている昴に、なだめるように囁かれ、くちづけられて、伊織は息を甘く乱した。

「分かってる、けど……っ」

欲しくて、焦れったくて、たまらない。

うずうずと腰を揺らし出した伊織に、昴が困ったように笑う。

「ん、こら、そんな急に動くなって。……分かった、俺がしてやるから」

ゆっくりな、と言い聞かせるように目を細めた昴が、少し身を起こして伊織の腰を掴み、確かめるようにそっと奥を突いてくる。密着したままゆらゆらと揺すり上げられる、そのわずかな動きにも感じてしまって、伊織は昴の腕をぎゅっと握りしめた。

「あっ、んっ、んんっ、は、あ、あ……っ」

ぐ、ぐちゅ、と太い先端が奥の柔襞にキスする度、きつく強ばっていた隘路がやわらいでいくのが分かる。

なめらかな内筒が吸いついてくるのが分かったのだろう。昴が息を詰めて小さく笑った。

「……は、もう大丈夫そう、だな?」

「っ、うん、だか、ら……っ、はや、く……っ」

ねだると、真っ黒な瞳がきゅうっと細くなる。なんて嬉しそうに笑うんだろうと思ったのは一瞬で、すぐにずんっと襲ってきた衝撃に、伊織は大きく目を見開いた。

「……っ、あぁあ……っ」

「い、おり……っ」

唸った昴が、噛みつくような勢いでくちづけながら、激しく腰を打ちつけてくる。

気遣いも余裕もかなぐり捨てた男に奥まで全部を貪られて、伊織はすぐに訳が分からなくなってしまった。

「んんっ、昴、んん、んー……!」

猛る雄茎が蜜路を押し開き、こじ開け、擦り立ててくる。膨れ上がった前立腺を、指で開かれたその奥を何度も押し潰されて、伊織は真っ赤に膨れ上がった花茎からとろとろと喜悦の涙を零した。

逃がさないとばかりに抱きしめられ、恋人の舌で、匂いで、熱で、どこもかしこもいっぱいにされて、怖いくらいに気持ちがいい。自分の全部が塗り替えられていくのが、ただただ嬉しくて、嬉しくて。

「はあ、ああっ、昴……っ、昴……！」

「伊織……、好きだ、伊織、……好きだ……！」

ぐしゃぐしゃと綺麗な黒髪を掻き混ぜて、もっともっとと求めれば、言葉も快楽も欲しがっ

た分以上に与えてくれる。蜜でとろとろになった奥を貫かれながら、張りつめきった花茎をぐ

ちゃぐちゃに扱き立てられて、伊織は過ぎる愛欲に泣き喘《あえ》いだ。

「ああっ、ひあ、あっ、あ……！」

「伊織……っ！」

く、と唇を噛んだ昴が、燃えるような目で伊織を見つめ、大きく腰を引く。

刻みつけるように、思い出させるように、覚え込ませるように奥の奥まで快楽を叩きつけら

れた瞬間、伊織は一気に階を上っていた。

「あ……！　っ、あ、あ、あ！」

「……っ、く、う……！」

呻いた昴がぶるりと腰を震わせ、欲望を解き放つ。

これ以上ないと思っていたその先に打ち込まれる熱い、熱い精液に、伊織はぎゅっと目の前の肩にしがみついて感じ入った。

「は、あ……っ、んんん……っ」

「ん……、……伊織」

囁いた昴が、そっと唇を重ねてくる。

すり立ての墨のように美しい、涼やかな瞳。

自分だけを映したその瞳を見つめ返して、伊織は彼に手を伸ばして願った。

「昴……。十年先も、千年先も……、僕とずっと、一緒にいて」

「……ああ」

頷いた昴が伊織の手を取り、指先にくちづけて誓う。

「今度こそ、決してあんたのそばを離れない」

愛してる、と昴が笑う。

風に揺れる藤の花のようなその微笑みに僕もと笑い返して、伊織は千年の時を越えた恋人をぎゅっと、抱きしめたのだった。

あとがき

こんにちは、櫛野《くしの》ゆいです。この度はお手に取って下さり、ありがとうございます。

今回はずっと書いてみたかった男前ショタ攻めを書くことができました！　元々ギャップのある攻めが好きで、昴《すばる》のようなキャラクターは前々から書いてみたかったのですが、なかなかハードルが高くて。少しでもハードルが下がるようにと前世という要素を取り入れてみましたが、いかがでしたでしょうか。

見た目に反する男前な言動の昴に振り回されっぱなしな伊織《いおり》は大変だっただろうなと思いますが、最終的に見た目も言動に釣り合うようになってしまったので、これからはもっと振り回されてしまうんじゃないかなと思っています。個人的に、美少年がスパダリに成長するというのもツボなので、ラストまで楽しんでいただけていたら嬉しいです。

昴と伊織の前世が平安時代ということで、現代とは別軸で過去のお話も同時に読んでいただく形となりましたが、彼らの前世を書くのはとても楽しかったです。現世とは関係性がかなり違うので、ちょっとケンカップルっぽい感じでしたね。口の悪い秋風《あきかぜ》さんと藤墨《ふじすみ》は、なんだか割れ鍋に綴じ蓋感があってお気に入りの二人となりました。途中、春風《はるかぜ》さんと薫子《かおるこ》さんの物語もあったので、最終的に三本立てみたいなお話になったかな。前世ではどちらも悲恋でしたが、現世では幸せになってくれることと思います。

さて、駆け足ですがお礼を。挿し絵をご担当下さった北沢《きたざわ》きょう先生、お忙しい中、美麗なイラストをありがとうございました。前世、現世、そして十年後と、主役たちを三パターンも描いていただけて、とても贅沢な一冊となりました。男前ショタにゴーを出して下さった担当さんも、本当にありがとうございます。毎回思いますが、結構チャレンジャーですよね……。そして今回はなかなかタイトルを思いつけない私に代わって、担当さんがタイトルを考えて下さいました。タイトル自体を歌にしてしまうなんて、私には絶対にない発想で感動してしまいました。素敵なタイトルをありがとうございました。

最後までお読み下さった方も、ありがとうございました。輪廻の恋、一時でも楽しんでいただけたら幸いです。

それではまた、お目にかかれますように。

櫛野ゆい　拝

この本を読んでのご意見、ご感想を編集部までお寄せください。

《あて先》〒141-8202　東京都品川区上大崎3-1-1　徳間書店　キャラ編集部気付
「しのぶれど色に出でにけり輪廻の恋」係

【読者アンケートフォーム】
QRコードより作品の感想・アンケートをお送り頂けます。
Chara公式サイト http://www.chara-info.net/

■初出一覧
しのぶれど色に出でにけり輪廻の恋……書き下ろし

しのぶれど色に出でにけり輪廻の恋

……【キャラ文庫】

2020年3月31日　初刷

著者　櫛野ゆい
発行者　松下俊也
発行所　株式会社徳間書店
〒141-8202　東京都品川区上大崎3-1-1
電話　049-293-5521（販売部）
　　　03-5403-4348（編集部）
振替　00140-0-44392

印刷・製本
カバー・口絵　株式会社廣済堂
デザイン　おおの蛍（ムシカゴグラフィクス）

ISBN978-4-19-900986-0